ベリーズ文庫

恋の相手は強引上司

望月沙菜

STARTS
スターツ出版株式会社

目次

第一章　運命の出会い!?

恋愛諦め女子

「真壁《まかべ》さんなら、絶対にひとりでも生きていけそうですよね～」

私の真向かいに座っている後輩の名取《なとり》さんが、悪気などなさそうな笑顔で言った。

あ～、この言葉、これで何度目だろう。

今日は、私が働く老舗百貨店『大越《おおこし》デパート』営業四部の歓送迎会。営業四部は、大越デパート四階にある紳士服売り場のことで、私はネクタイやシャツ、ベルトなどの紳士小物を担当している。そして、売り場のリーダーでもある。

普段の私は、会社の仲間とすすんで飲みに行くことはほぼゼロだけど、歓送迎会や忘年会、新年会など強制参加の時のみ顔を出している。

そのたびに毎回言われるのが、この言葉だ。

短大を卒業し、大越デパートに就職して、今年で八年目。就職したてのころは、最先端のファッションをオシャレに着こなす周りの先輩たちに憧れと夢を持っていた。ここで働けば、私も彼女たちのように洗練された女性になれるものだと信じて疑わなかった。

だけど実際に入社して働いてみると、そういう人たちは限られたごく一部の人たちだと知った。

私の名前は、恋実《れみ》。

両親は大恋愛の末に結婚し、その愛の結晶が長女の私だったため、生まれてくる女の子には『素敵な恋愛をし、その恋が実って温かい家庭を築けるように』という思いで〝恋実〟と名付けたらしいが、完全なる名前負けだ。

お恥ずかしい話だが、恋が実ったことは一度もない。

それどころか、高校二年の時、初めて好きになった人からの裏切りがきっかけで、男性不信に陥った。特に同世代の男の人と話をするのが苦手になり、この名前も私自身も好きになれなかった。

でも、一方ではそんな自分を直したいという気持ちもあって、就職先はデパートにした。

デパートなら人と接する機会もたくさんあるし、お客さんと接していく中でいろんな出会いもあり、きっと自分にも自信が持てるようになる。そのうち男性への苦手意識も克服できるかもしれない。そう希望を持って入社した。

だけど、いざ働いてみると、商品知識はもちろんのこと、ディスプレイや伝票処理など、覚えなければいけないことはたくさんある。さらに、立ちっぱなしで慣れない接客をしていると、仕事が終わるころにはヘトヘトになり、寄り道もせず、家と会社の往復を繰り返すばかりだった。

それに、デパートで働く人の多くは女性で、男性といえば上司くらい。おかげで、いまだに男性への苦手意識を克服することはできていない。それは仕事にも影響していて、年配のお客様なら普通に話せるのに、同世代のお客様だとガチガチに緊張して顔がこわばってしまう。

もちろん、友達と飲みに行ったり、合コンに参加するなんてことも一切ないし、みんなのようにおしゃれを楽しむことも、先輩たちのように素敵な女性になりたいと自分磨きをすることも怠った。

結果、出会いなんてあるはずもなく、恋愛からは遠ざかる一方。私は〝できない恋愛〟は諦め、〝できる仕事〟を選ぶことにした。

もはや『ひとりでも生きていけそう』と思われても仕方がないし、私自身もそれを望んでいる。

頼れるのは、自分自身とお金だ。それ以外はどうでもいい。だから、いくら強制でも会社の飲み会にはできる限り出席したくないというのが本音だ。

今日の歓送迎会の主役は、売り場の上司でもある西村《にしむら》課長。くりっとした目が印象的な西村課長は、四十五歳。実年齢よりかなり若く見え、気さくでとても話しやすく、部下からの人望も厚い。

そんな西村課長が、今回の異動で外商部へ行くことになった。そして、もうひとりの主役は、新たな上司となる土屋《つちや》課長なのだけど……なんと不在だった。

これまでロサンゼルス支店にいた土屋課長だが、西村課長の話によると、私の二年後輩ではあるけれど、大卒のため、年齢は私と同じ二十八歳。かなり仕事ができるらしく、ロサンゼルス支店での売り上げに大きく貢献し、二十代での課長昇進は異例の出世なのだそうだ。

幹事の宮田《みやた》係長は、『飛行機が天候不良のため運転が見合わせだったらしく、遅れるそうです』と頭を何度も下げて、各テーブルに詫《わ》びを入れていた。

正直そんなことなら来なければよかったとも思ったけれど、西村課長にはとてもお世話になったので、今日は課長のために参加したようなものだ。だから、課長にお礼を言えればそれでいい。

「課長」

私は西村課長の横が空いていることを確認すると、席を移動して隣に座った。

「お〜、真壁ちゃん。飲んでるか？」

西村課長は、前々から『次は外商に行きたい』と言っていた。その念願がようやく叶《かな》っての異動で、今日は上機嫌だ。お酒好きな彼の頬はチークを塗ったように赤く染まっている。

「まあ、適度に……。それより、異動おめでとうございます」

「ありがとうな。とはいえ、ここでの五年は楽しかったから正直寂しいよ」

眉を下げた寂しそうな表情に、私も同じ気持ちになった。なぜなら西村課長は、私が男性が苦手なことをちゃんと理解してくれて、的確にアドバイスやフォローをしてくれる、唯一信用できる人だったから。

「私も寂しいです」

「でも真壁ちゃんなら、もう僕がいなくてもちゃんと売り場を任せられるから不安はない。それに、今度の土屋課長は僕と違ってかなりのやり手らしいし、真壁ちゃんとなら合うと思うよ」

「そう……なんですか？」

歓送迎会に遅刻するような人と私が合うとは思えないし、そもそも同い年というだけで、もう拒絶反応が出始めている。

「そんな不安そうな顔しない。僕、ここの前は人事だったでしょ？　実は土屋くんが入社した時、僕が教育担当だったんだよ。彼はそのころから他の新入社員とは違っていてね。だから、いきなりロサンゼルス支店への配属になったんだけど……。きっと真壁ちゃんと相性はいいはずだよ。それに、確か真壁ちゃんと同い年だったよね」

「そうらしいですね」

「しかも――」

その瞬間、課長の顔がグッと近づき、私はサッと後ろに引いた。

「な、なんなんです？」

「かなりのイケメンだよ」

「……だからなんなんですか」

私のそっけないリアクションに、課長は大きくため息をついた。

「はぁ。今日で異動するからこの際言いたかったことを言っちゃうけど、真壁ちゃんはかわいいよ！」

「はい？」

このおじさん、相当酔ってない？　なにが『かわいい』よ。冗談にも程がある。

「こら、真壁ちゃん。『自分はかわいくない。なに言ってんの、このおっさん』って思ってるでしょ」

課長は口を尖《とが》らせて、若い女性のしゃべり方をマネしながら言った。

うわっ、完全に読まれてた。

「い、いえそんなことは……」

慌てて否定する。

「僕はこの5年間ずっと君を見てきたけど、随分成長したと思うよ。特に若い男性への接客態度はすごくよくなった。もちろん、真壁ちゃんが恋愛に対して消極的なのも知ってる。だけど諦める必要なんかないよ。真壁ちゃんなら、黙ってても男性が寄ってくるんだから、そろそろ本気出したら？」

課長は酔っているせいか、普段よりかなり饒舌《じょうぜつ》になっている。

あ～、誰か課長の暴走を止めてほしい。

「わかりました。ありがとうございます。……で、それと今度の課長とどう関係があるんですか？」

この話題を早く終わらせたくて、私は適当に言葉を返した。

すると課長は手に持っているコップをテーブルに置くと、ニヤリと笑った。

「それはね……彼なら真壁ちゃんのよさにいち早く気づくと思ったから」

「はあ……」

まったく理解ができない。

「でも、あれだけのイケメンだから……」

課長は周りの女性社員たちにさっと視線を向けた後、再びコップを手にして残りの焼酎を飲み干すと、声のトーンを落として言葉を続けた。

「まあ、とにかくそういうことだからさ。もちろん仕事は頑張ってほしいけど、恋愛も頑張って。直属の上司だと『仕事だけ頑張れ』なんだろうけど、もう君の上司じゃなくなったからやっと言えたよ」

そう言って、課長は勝手に自己完結し、部長たちのいる席へと移動した。

ひとり取り残された私はというと、会ったこともない次の上司と気が合うだとか、恋愛しろとか、好き勝手に言われたままでまったく面白くない。

しかも、その新しい上司はきっとまだ飛行機の中だろう。悪天候だろうがなんだろうが、歓送迎会があることがわかっているにもかかわらずギリギリのタイミングに帰国しようとしていることがそもそもおかしい。大体、時間にルーズな人って嫌い。そんな人がやり手だなんて、本当なのかと疑いたくなる。

ふと周りに目を配ると、みんな思い思いにワイワイと騒いでいる。

もう西村課長とは話ができたし、新しい上司はいつ来るとも知れないし、今日は帰っちゃおうかな。きっと私が抜けても誰も気にしないし、気づきもしないだろう。とはいえ、堂々と帰るのは気がひけるので、トイレに行くふりをして抜け出すことに決めた。

そっと立ち上がり、腰を低くしながら、誰の視界にも入らなさそうな姿勢で部屋を出て、そのまま出入り口へ直行する。そして下駄箱から靴を取り出し、履こうと腰を少しかがめたところで……。

――ドンッ。

私の肩がなにかにぶつかった。

ハッと顔を上げると、目の前に長身の男性が立っていた。

パーカーにジーンズというカジュアルな服装で、恐らく年齢は私より下か同い年くらいだろう。キャップを目深にかぶっているので顔はよく見えないけれど、シャープな輪郭と筋の通った鼻、そして形のいい唇。なんとなくだが、顔は悪くはなさそうだ。

「ご、ごめんなさい」

私はとっさに謝った。

「いいえ、僕のほうこそ。慌てていて前を見ていませんでした」

男性はいったん立ち止まって私の方を向くと、深々と頭を下げた。

へ～、イマドキ男子にしては感じがいい。まぁ、それだけだけど……。

私は再び腰をかがめて靴を履くと、その男性に軽く会釈をして店を出た。

外の空気を吸った瞬間、大きく背伸びをする。

運よく明日は休みだ。正直、まだ飲み足りない。行きつけの居酒屋で、もうちょっとお酒を飲んで帰ろうっと。

「もう一軒行っちゃいますか！」と、ぼそりと独り言を口にした時……。

「あの、僕も一緒じゃダメですか？」

背後からいきなり男性の声が聞こえた。

「えっ？」

まさかうちの会社の人？　脱出失敗？

ビクビクしながら振り返る。そして、声の主に目を丸くした。

声をかけてきたのは、今さっき店の出入り口でぶつかった男性だった。

「えっと……独り言を言ったつもりだったんですが……聞こえちゃいました？」

「聞こえちゃいました」

キャップと夜の暗闇のせいで相手の表情は口元しかわからないけれど、口角がかなり上がっている。

なに、この人。私をからかってるの？　初対面の、しかも男性といきなり一緒に飲むなんて、するわけないでしょ。今までの人生ではありえない。

「あの、すみません。私はひとりで飲もうとしてたんです。あなただって、誰かと約束があって居酒屋に来たんじゃないんですか？」

するると、男性は後ろの居酒屋をチラリと見ると、また視線を私に戻した。

「そうだったんだけど……。俺、宴会とか正直苦手で、本当は参加するつもりはなかったんだ。だからわざと遅れてきたんだけど、やっぱり面倒くさくて店を出たら、あなたが『もう一軒行っちゃいますか！』って大きな独り言を言ってるから。それを聞いたら俺、あなたと飲みたいなって思って」

「私の行く居酒屋はこんなにオシャレじゃないですよ。カウンターとテーブル席が三つくらいしかない小さなところで、常連客しか来ないような場所なので」

いつもなら無視して歩きだすのだが、さっきの居酒屋で少し飲んだせいか気が大きくなっているのかもしれない。わざわざ店の説明をするなんて、普段では絶対に考えられない態度を取ってしまっていた。

「いいよ。俺、そういうところ好きだから」

あっさりと受け入れられてしまい、ハッと我に返る。

嘘《うそ》でしょ、勘弁してよ。やっぱりこんなのありえない。なにか魂胆があるに違いない。もしかして、詐欺師？　それとも、勧誘？　まさか、いきなり高額商品を売りつけられるとか……。

「あっ、そうなんですか。でも、やっぱり私――」

断らなきゃ！と口を開いたところで……。

「あ、ちょっとだけ待ってもらえる？　電話だけさせて？　俺が来るまでずっと待ってられると困るから、キャンセルの電話をするね」

「え？　ちょ、ちょっと……」

断る間もなく、彼は私から少し離れた場所で電話をかけ始めた。

私に背を向けているため会話はほとんど聞こえてこなかったが、電話をしている姿はカジュアルな服装に似合わず背筋がピンと伸びて、〝絵になる〟という言葉がしっくりくる。

いやいや、悠長に見とれている場合じゃない。私はもともと男性が苦手なんだから。

……あれ？　でもおかしい。私、普通にしゃべってたよね。……って、ダメダメ。初対面の男性とふたりきりで飲むだなんて、無理。このまま走って逃げればなんとかなるかな。

そう思い、周囲を見渡していると……。

「さ、行こっか」

どうやら電話が終わったらしく、笑顔で帰ってきた彼が私の腕を掴《つか》んだ。

「えっ!? なんですか?」

男性に免疫のない私は、それだけで心臓がバクバクする。

「なんでって……逃げる気でいたでしょ。ものすごく警戒してるオーラがダダ漏れなんだもん。大丈夫だよ。俺は単なるサラリーマンだし、君と常連さんしか来ない居酒屋で純粋に酒を飲みたいだけだから」

男性は掴んだ腕にさらに力を加えると、自分の方に引き寄せて私との距離をグッと縮めた。そして、私を真顔でジッと見つめ、拒否権はないと言いたげに微笑む。

どうやら、どう言い訳しても無駄らしい。

「……わかりました。でも、この手は放してください」

諦めた私は、しぶしぶながら彼を連れて、行きつけの居酒屋〝あおい〟へと向かった。

一期一会？

「いらっしゃ～い」

〝あおい〟の暖簾《のれん》をくぐると、女将《おかみ》の明るい声が店内に響く。

店にいた常連のおじさんたちが、一斉に入り口へ視線を移した。

「こんばんは～、ママ」

「あ～ら、恋実ちゃん。今日は遅……って……あら～」

……やっぱりそうくるよね。わかってる。最後の『あら～』は、私にではなく、背後にいる長身の男性にでしょ。

「ちょっと～、恋実ちゃんが男の人を連れてくるなんて初めてじゃない！　彼氏？」

「違うし」

「え～!?」

店にいる常連さん全員に同じリアクションをされてしまう。

「じゃあ、一緒にいる男性は誰よ～」

「知らない」

「知らないって」

ママの呆《あき》れた声が届く。

でも、本当のことなんだもの。

私がなにも言い返せないでいると……。

「ママさん、すみません。実は彼女とはついさっき知り合って、僕が勝手にここまでついてきちゃったようなものなんですよ」

すごくいい人そうな感じを漂わせる、明るい声が店内に響く。

私とは真逆の、〝超〟が付くほど好感度な返しに、ママの目はみるみるうちにハートになっている。

「そ、そうなの。私が逆ナンしたとかじゃなくて、そもそも私はひとりが――」

「さあさあ、こちらへどうぞ」

事の成り行きを細かく説明しようとしていたのに、ママは私の話を無視するかのように彼をカウンターへ案内した。

「恋実ちゃん、さっさと座らないとママに彼を取られちゃうよ」

常連客のおじさんたちがニヤニヤしながら忠告してくれる。

「だから彼じゃないし！」

否定しながら、私もカウンター席に向かう。

するとまたもやママが黄色い声を上げた。

「あらやだ！　ちょ、ちょっと恋実ちゃん、どこで見つけたのよ」

なにかと思えば、どうやら男性がキャップを取ったからのようだ。

なぜキャップを取っただけで、こんなにキャーキャー言うんだろうと隣を見て、驚いた。

……え!?　なに……超絶《ちょうぜつ》イケメンですか？

キレイな形の眉に、くっきり二重の目、鼻筋もシュッとしていて、薄めの唇。髪の毛も、帽子をかぶっていたにもかかわらず崩れのないサラサラヘア。

完璧なルックスに思わず目を奪われる。

どうしてこんなイケメンが私についてきたの？　絶対におかしい。これは新手の嫌がらせ!?

とても隣になど座れないと、男性との距離を椅子ふたつ分空けて座り、ウーロンハイを注文した。

「ねぇ、この間はなに？」

すかさず彼が、ふたつ分空いた椅子を指さした。

「なにって……私がどこに座ろうと関係ないじゃないですか。大体、一緒に飲もうとは私は言ってないし……。それに、あなたが何者かも知らないんですけど……」

「ふ〜ん。じゃあ……」

彼はおもむろに席を移動し、私のすぐ横に座った。そして、レモンチューハイのグラスを私に近づける。

「ちょ、ちょっと……」

「とりあえず乾杯しよう」

彼は私のウーロンハイを取ると、持てとばかりにこちらへ差し出した。

拒否したところで埒《らち》があかないと思った私は、仕方なくグラスを受け取る。

カチンとグラスの重なり合う音と共に、彼は「お疲れ〜」と声を弾ませ、レモンチューハイを飲んだ。ゴクゴクと喉仏が動く姿さえカッコいい。

結局、イケメンはなにをやってもサマになるってことなんだよね。それにしてもこの人、自分が店内でどれほどのオーラを放っているのかわかっているんだろうか。いや、これは無自覚だな。やっぱり素材がいいとなにをやっても様になる。それに引き換え、私は努力しても限界がある。あぁ、世の中、理不尽なことが多すぎる。

このままじゃ、負のオーラをまき散らしそうだ。さっさと退散して、コンビニでビールでも買って、家飲みをしたほうがよほどいい。

そう決断した私は、ウーロンハイを半分ほど一気に飲んだ。

「ところで、自己紹介がまだだったよね。君は、レミちゃんだよね。ママさんや他のお客さんがそう呼んでた。俺の名前は……カズマ」

彼は頬杖《ほおづえ》をつき口角を最大限に上げ、満面の笑みで私を見た。

「カズマ?」

「数字の一に、動物の馬で、一馬《かずま》。俺の母親、競走馬が好きだったんだよ。といってもギャンブルが好きとかじゃなくて、純粋に馬が好きってやつ。細い足でタテガミをなびかせて颯爽《さっそう》と走る姿が好きだったんだって。それで、生まれてきた俺に『自分がこれだと決めたことに自信を持って突き進み、その道の一番になってほしい』って願いを込めてつけたらしい」

一馬という人はよほど自分の名前が気に入っているのか、名前の由来どおり自信に満ち溢《あふ》れた様子で語った。

だけど、そもそも初対面なのに、どうしていきなり名前の由来を話すのだろうか?それとも、最近の若い男性は自己紹介で名前の由来を話すのが主流なの?　どちらにせよ、この手の自己紹介は苦手だ。

「へ〜、そうなんですね……」と興味なさそうに適当な返事をすると、グラスに視線を落とす。

だけど彼は私のリアクションなど屁《へ》とも思っていないのか、それとも想定内の返答だったのか、表情ひとつ変えなかった。

「レミちゃんは、どんな漢字を書くの？」

いきなりその質問!? よりによって私が一番嫌な質問をするだなんて……。

顔が徐々《じょじょ》にこわばっていく。

正直に答えたら、口に手を当てて吹き出すに違いない。そんなの絶対に嫌。常連さんたちの前で恥なんかかきたくない。

「どうだっていいじゃない。あなたに関係ないし」

「あなたじゃないよ。一馬って教えたよね。ちゃんと名前で呼んでよ。そのための自己紹介でしょ」

急にまともなことを言われ、反論できない。私が拗《す》ねた子供のように口を尖らせていると……。

「恋が実ると書いてレミっていうのよ」

ママが私のしゃべり方をマネするように言った。

「ママ！」

私はガタッと勢いよく立ち上がり、ママに『なんで言うの』と目で訴えた。

「仕方ないじゃない～。見てられなかったんだもん」

「なによそれ……」

「だって、縁があって今こうして一馬くんと知り合ったんだから、楽しめばいいじゃない。一期一会って言葉を知ってる？」

「……知ってるわよ」

「だったら、そんな鬼の形相をしてないで、この時を楽しみなさい！」

ママがじれったそうな目をしながら菜箸を両手で握っている。

「そうだよ！　恋実ちゃん、一期一会」

「恋実ちゃん！　笑顔笑顔」

ママの言葉に、常連のおじさんたちが賛同するように私を励ます。

それでも素直になれず、思わずうつむく。すると……。

「すごく素敵な名前だね。きっと、素敵な恋が実るようにってご両親がつけたんだろうね」

「え？」

今までにない相手の反応に驚きながら顔を上げる。

目の前には、笑いをこらえているような顔ではなく、うれしそうな笑顔で私を見つめる彼の姿があった。

途端に、心臓がバクバクし始める。どうしていいのかわからず、ウーロンハイの入ったグラスを持つと一気に飲み干した。それでも落ち着かなくて、ママに『おかわり』と言おうとした時だった。

「俺がその恋の相手になってもいい？」

「は⁉」

一瞬なにを言われているのか理解できず、キョトンとする私に、一馬という名のイケメンは、笑顔を崩さずもう一度言った。

「だから、俺が恋実ちゃんの恋の相手になりたいって言ってんの」

その途端、ママの黄色い悲鳴とおじさんたちのどよめきが聞こえたが、同時に私の頭は真っ白になった。

なんでこうなるの？

――ピピピ、ピピピ、ピピピ……。

「ん～！」

スマホのアラームが鳴っていることに気がつき、目を閉じたまま音がするほうへ手を伸ばす。その瞬間、ベッドとは違うゴツゴツした感触にびっくりして飛び起きた。

「っ！」

な、なに⁉　誰かいる！

驚きのあまり、声なき悲鳴が漏れる。同時に、寝起きとは思えないほどの俊敏な動きでベッドから離れた。

相手は背中を向けて寝ていたが、しばらくすると寝返りを打った。

その顔を見て、思わず腰を抜かしそうになる。目の前にいたのは、昨日一緒に飲む羽目になった一馬という男だったからだ。

「なんでこんなことになってるの？　……っ！」

ベッドの下にへたり込むと、またも声にならない悲鳴が出てしまう。

えっ、下着しか身につけてないんですけど！　どういうこと？　もう、なにがなんだかまったくわからない。落ち着け、落ち着け私……。

昨日……そう、私は昨夜、一馬と名乗る男と〝あおい〟に行って、それで……乾杯して……飲んで……名前の話になって……。その流れで、なぜか彼は私の恋の相手になりたいって言ったんだよね。私はびっくりしすぎて……あれ？　それからどうしたんだっけ？　もしかして、お酒で記憶をなくした？

しばらく頭をフル回転させて昨夜のことを思い返す。だが、やっぱり同じところで記憶が止まる。

どうしよう、まったく思い出せない。でも、この状況が非常にまずいことはわかっている。

だって私は、自慢じゃないけど男の人を自分の家に入れたことなんて一度もない。異性から『恋の相手になりたい』だなんて歯の浮くようなことを言われたのも、生まれて初めて。そもそも、これまでずっと恋愛そのものを排除してきたんだもん。

それなのに……いろんなものをすっ飛ばして、いきなりひとつのベッドで寝ていたとか、冗談としか思えない。

大体、この人のことをなんにも知らないんだよ。知っているのは、一馬って名前だけ。名字も、どこに住んでいて、どんな仕事をしているかもわからない。

いくらなんでもこんなことはありえない。絶対、悪い夢でも見てるんだ。お願い、誰か夢だと言って〜！

私は自分の両方の頬を手でパンパンと叩《たた》きながら、そう心の中で叫んだ。

「それ、最新の美容法？」

頭上から笑い混じりの声が聞こえ、ハッと顔を上げる。

「夢じゃない……。現実じゃん」

心の声のつもりが、思いっきり口に出してしまった。

「夢？　現実って……なにが？」

「あ、いや、なんでも……って、キャー！」

ブラとショーツだけだったことを思い出した私は、両手でブラを隠して前かがみになりながら、彼の視界に入る場所を最小限に抑えようとした。

「そんなに驚くなよ。言っておくけど俺、脱がせてないからね」

一馬は乱れのないサラサラヘアをかき上げ、表情も変えず淡々と話す。

「……え？　ちょっと……じゃあ、なぜあなたが私の家にいるんですか？」

すると一馬はチラリと壁の時計に目をやり、早朝間もないことを知ると、ベッドの上の薄手の毛布を私に差し出した。

私はそれを奪うように取り、下着姿を隠すようにくるまった。

「昨日のこと、どこまで覚えてる？　俺が恋実の恋の相手になりたいって志願したのは覚えてる？」

私は黙ってうなずいた。

ていうか、なにげに私、呼び捨てにされてない？

「その後は、口をぽかんと開けて頭が真っ白って感じだったな〜。その反動なのか、急に酒のピッチが速くなって、しばらくすると何度も俺に『本当に相手になってくれるの？　私なんかといてもつまらないよ〜』って言いながら気を失ったんだよ。俺、人が気を失うのを人生で初めて見たよ」

その声は、早朝だというのにとても元気で、かなり面白がっているようだった。

「私、気を失ったんだ……。それで？」

まったく記憶がないことが怖くなった。

「ママが、店の奥に小さな和室があるから目が覚めるまで寝かせておこうって言ってくれて、俺が恋実を担いで和室で寝かせたの。それで一時間くらい経ってからだったかな、『ママ〜、水ちょうだい』って言いながら戻ってきたんだよ」

「ええ？」

本当に？　全然覚えてない。もう完全に未知の世界の入り口に立ったような気分だ。

「それから水を一気に飲んで、カウンターにいる俺をジーッと睨《にら》みつけたかと思うと、俺の隣の席に座って、ママにレモンチューハイを頼んだんだよ。もちろんママはやめとけって止めたよ。だけど、『これが飲まずにいられますか⁉』って大きな声で叫ぶもんだから、俺が責任持ってママに言ったの」

自分のことなのに、他人の話を聞いているようだった。

「私……なにか変なことを言いませんでした？」

「変なことがどういう類《たぐい》のことを言うのかわかんないけど……俺的にはめっちゃ楽しかった。ちなみに俺がここにいるのも、恋実が家で飲み直そうって誘ったんだからね」

「嘘⁉」

じょ、冗談でしょ？　私から誘うなんて絶対にありえない。

「いやいや本当だから。だって部屋の鍵を開けたのは俺じゃないからね。ついでだから言うけど、俺は恋実の服も脱がせてないから」

あまりに衝撃的な発言に、既に脳内はパニック状態だ。

だって話をまとめたら、私が一馬を誘って家に入れて、自分から服を脱いじゃったってことでしょ？

改めて自分の取った行動に全身が震《ふる》える。この場から消えてしまいたい。

「ごめんなさい！　昨日の私は……本当の私じゃないです。だからなかったことにしてください！」

毛布にくるまりながら、床につくぐらい頭を下げる。

「それ……本気で言ってんの？」

急に真面目な声が頭上から聞こえて顔を上げると、一馬はまっすぐ私を見つめていた。

「本気もなにも……だって私、今までの人生の中で他人にこんな醜態を見せたことなかったし……。第一、記憶がないんです」

「じゃあ、昨夜のここでのこともなにも覚えてないんだね」

私は何度も首を縦に振った。

「てことは、あのことも覚えていないんだ」

一馬はショックを顔全体で表現するかのように顔を歪《ゆが》め、肩を落とした。

「……私、あなたにいったいなにをしたんですか？」

「教えない」

まったく想像がつかなくて問いかけるも、大人げないひと言が返ってきた。

「教えないって……。教えてくれなきゃ謝れないじゃないですか」

「謝ってほしいなんて思ってないし」

一馬は不貞腐《ふてくさ》れたような表情を見せると顔を横に向けた。

なんなのよー。ダダっ子みたいな返事されても困るんだけど。

「じゃあ、どうしろと？」

「責任とってよ」

「責任って？」

なんかマンガやドラマでよく聞くセリフだけど……。

「昨日言ったとおり、俺の恋人になって！」

「はああ⁉」

『恋人に』だなんて、私はいったい、この人になにをしちゃったの⁉

「あの……責任の取り方に選択肢はないんでしょうか？」

上目遣いで本当に困ってる表情を作って、すがるような気持ちで一馬を見るも、

「ないね」と即答された。

「ていうかさ、なんでそんなに拒むの？　昨日はあんなにいい夜だったのに」

「いい夜って……どういうこと？」

だけど、やはり一馬は教えてくれるつもりはないようだ。にっこり微笑むと、ベッドから下りて私の目の前に座った。

昨日も思ったけど、ムカつくくらいの男前だ。好みとかいろいろあるだろうけど、どんな人が見てもカッコいいと思う。そんな人がどうして、〝冴えない〟という言葉がぴったりな私と恋人になりたいと言うの？

やっぱり詐欺師？　そうだ、詐欺師に違いない。男性経験がなさそうで、しかも貯金が趣味みたいな女に結婚話を持ちかけて、理由をつけては金をせしめる。でなきゃ、こんなイケメンが私に近づくはずがない。そもそも出会い頭に居酒屋でぶつかったのも、今思えばかなり怪しい。ぶつかってきたのはわざとかもしれない。

それとも……まさかのゲイ⁉　なにかのっぴきならない理由があって、カモフラージュのための偽の恋人を探していて、たまたま私と出会ったとか⁉

私の頭の中は、朝のワイドショーのラインナップのようだった。

「おい、今、変な想像したろ。俺が結婚詐欺師かゲイじゃないかとか」

一馬は私との距離をさらに縮めると、眉間にシワを寄せながら私のおでこを小突く。

「なっ！」

なんでわかったの？　私の心の声が聞こえちゃった？

「残念だけど、俺は詐欺師のように器用なことはできないし、男は恋愛対象じゃない。とにかく、今日から恋実は俺の彼女だから」

そう言うと、一馬はすっと立ち上がった。そして壁掛け時計に視線を向けた後、ベッドの上に置いたスマホを掴んで玄関の方へ行くと、電話をかけ始めた。

誰と話をしているのかわからないが、声がさっきよりワントーン下がったように感じる。

私は一馬が電話をかけている間にスウェットのワンピースをタンスから取り出し、ものすごい勢いで着替えた。

ところで、朝からこれだけ大騒ぎしてしまったけど、今はいったい何時なの？

壁掛け時計に目をやると、七時二十分だった。

今日は平日で、私は休みだけど……あの人は大丈夫なの？　仕事の出勤時間とか気にしなくていいのかしら。

一馬と時計をチラチラと気にしながら毛布をたたんでベッドに置くと、私は冷蔵庫から牛乳を取り出し、少しだけ飲んだ。

するとー馬が玄関から戻ってきて、私の持っているマグカップを見た。

「あっ、俺も飲みたい」

「牛乳ですけど」

「なんでもいい。喉渇いた。てか、これでいい」

「ちょっ……」

一馬は私の持っていたマグカップを奪うと、ゴクリと一気に飲み干した。

嘘、これって間接キスってやつ⁉　いい年してこんなことでドキドキするのはどうかと思うけど、こんな経験は今まで一度もなかったから……。

一馬は「ごちそうさま」と私にマグカップを返し、時計を見た。

「ごめん。ゆっくりしたいけど、仕事があるからとりあえず帰るよ」

「本当⁉」

正直、今はひとりになっていろいろと考えたかったから、ありがたい。

「なんだかうれしそうだね」

一馬が不服そうな顔で私をジロッと見る。

「え？　そう……かな」

「まあ、いいわ。とりあえず今日は忙しいから、明日、仕事が終わったら会おう」

「えっ、明日？」

「当たり前だろう。俺たち恋人同士になったんだから」

「ちょ、ちょっと……。ねぇ、本当に私たち付き合うんですか？」

私は一馬が帰り支度をしている後ろで金魚のフンのようにくっついて最後の悪あがきをしてみたけれど……。

「付き合う！　いや、もう付き合ってるから」とぴしゃり！

ちょっと待ってよ。確かに私は男性とお付き合いするのはこれがほぼ初めてだよ。だけどさ、普通はお互いに好きだったり、どちらかが好意を持っていて告白したりといろんなプロセスがあって初めて付き合うものじゃないの？

出会ったその日に、強制的にお付き合いって……。もしかして、かなりのイケメンだと、そのプロセスをカットしても許されるってこと？　そんなの絶対おかしいよ。ありえない。

でも……昨日、酔って冷静じゃなかった私はきっと彼になにかをしてしまったんだよね。だから今、こんな状況になってるんだよね。やはり彼が言うとおり、責任をとって付き合うしかないということだろうか……。

私は一馬の後ろで口をあんぐり開けて、肩を落とした。

第二章　こんな私でいいですか？

サプライズはいりません

恋愛は、お互いが同じ気持ちだから成り立っているわけであって、ひとりでできるものじゃない。片思いというのもあるけれど、それはどちらかといえば、恋。……じゃあ、私たちは？

一馬に『付き合う』と宣言されたけれど、私は彼のことをなにも知らない。年齢も、趣味も、どこに勤めて、どこに住んでいるのかも。とにかく、なにもかも知らないことだらけ。

「顔がいいから、そういうのはおいおいね～♪」なんて、お気楽には思えない。だって今まで仕事に全力で、恋愛はほぼ捨てたも同然だったから。

結局、昨日の私の休日は、この答えのない疑問に支配されて終わった。もちろん結論など出るわけもなく、私はいつもどおり同じ時間に起きて同じ時間に家を出て、電車に乗って出勤した。

更衣室で制服に着替え、ロッカーの備え付けの鏡で自分の顔を見る。

あぁ、今日は化粧のノリが悪い。

原因がわかっているだけに、なおさら落ち込む。

ため息と共にロッカーに鍵をかけ、売り場へと向かった。

「おはようございます」

そう言ったところで、誰もいない。いつも私が一番乗りだ。

別に好きで早く出社したいのではない。朝からもみくちゃになって体力を消耗したくないから、電車が混んでない時間を選んでいるだけ。

カウンターの下に私物袋を置くと、商品の上に被せてある布を取ってたたむ。

自分が担当する売り場の半分ほどをたたみ終わったころ、後輩たちがやってきた。

「真壁さん、おはようございまーす」

「おはよ～」

「真壁さん、歓送迎会の途中でドロンしましたよね～」

「私はなんでも知ってるんだから」とでも言いたげに近寄ってきたのは、うちのフロアで一番かわいくてモテるけど、仕事では少々ミスの多い三つ下の名取千夏《ちなつ》。デパートならお金持ちと知り合う機会も多いだろうから、運がよければ玉《たま》の輿《こし》に……というのが入社の動機らしいけど、実際に働いて現実の厳しさを痛感しつつも、希望だけは捨てまいと頑張っている後輩だ。

「あ〜、あの日、本当は体調が悪かったんだよね。だから、課長に挨拶だけして帰っちゃったの」

眉間にシワを寄せて、申し訳ないふりをした。

「そうなんですか。大丈夫ですか？」

「ありがとう。大丈夫よ」

「でも、先に帰って正解だったかもしれません」

名取さんは私物袋をカウンターの上にドカッと置くと、視線だけを私に向ける。

「なんで？」

「実はですね、歓送迎会の主役の土屋課長がドタキャンだったんです〜」

「へ〜」

なんだ、結局ドタキャンだったんだ。西村課長がベタ褒めしてたけど、言うほどの人じゃないのかも。

すると、急に名取さんの表情が緩んだ。

「でも〜、昨日の全体朝礼で土屋課長の挨拶があったんです〜」

かなり語尾が上がっている。

あ〜、そっか。西村課長が土屋課長はイケメンだと言ってたもんね。もうロックオンしちゃったとか？

でも、そんなことには興味がない。私は仕事のできる上司がいい。イケメンというオプションは特にいらない。きっと名取さんの場合は、その逆なんだろうけど。

「へ～」

「それで！　その土屋課長なんですが、ちょ～イケメンなんですよ！」

名取さんは両手を胸の位置で握ると、パチパチと派手に瞬きをした。

「へ～」

「『へ～』じゃなくて！　それに、土屋課長って真壁さんと同い年みたいですよ。真壁さんの年齢で課長って、すごくないですか⁉　しかも独身！　私、もう一目惚《ひとめぼ》れですよ！」

「はいはい」

名取さんの『一目惚れ』という言葉は年中聞くから今さら驚かない。

「もう～、そんなふうに『私には関係ない』みたいな顔しないでくださいよ～。真壁さんだって、課長を見たら絶対に惚《ほ》れちゃうんだから。でも、私が先に好きになったんだから、とっちゃダメですよ」

私に笑顔を向けて言っているけれど、目だけは笑っていない。これは本気かも。

「はいはい。それより、今日のつり銭当番って名取さんだよね。朝礼始まる前に取りに行かないと、そのイケメン課長に嫌われるんじゃないの？」

私がそう指摘すると、名取さんは時計を見て、「あっ！　やだ～、出納《すいとう》行ってきます～」と慌てて走っていった。

一昨日までは経理部の担当の新田《にった》主任に目をハートにし、私がつり銭当番の時には決まって『代わりに行きま～す』なんて張り切っていたのに。まったく、一目惚れの大安売りだわ……。

でも、名取さんが焦る気持ちはわからなくもない。デパートは華やかな職場でたくさんの人が来るから出会いも多いのでは？と思っている人もいるかもしれないが、現実はそう甘《あま》くはない。

しかも、デパートで働く男女の比率は圧倒的に女性のほうが多い。社内恋愛もないことはないけれど、言い方は悪いが、そんなにカッコよくない男性社員も、ここではそこそこモテるのだ。現に、私の同期の男性社員は七割が既婚者だ。

とはいえ、名取さんの場合はかわいいという自覚もあるから理想も高く、言い寄ってくる男性社員がいてもイケメンじゃないと断るんだよね。ま～、せいぜい頑張ってくれ。

名取さんがつり銭を取りに行っている間に、私はショーケースを上段から順に乾拭きしていく。すると、後ろから「真壁くん、おはよう」と倉田《くらた》次長の声が聞こえた。

すらりとしたスマートな体形にびしっとスーツを着こなしている倉田次長は、営業四部の顔である。今年で五十三歳になるが流行にも敏感だから、女子社員と話をしていても違和感がない。とてもお孫さんがふたりいる人には見えない。

「倉田次長、おはようございます」

ちょうど下段を乾拭きし終え、返事をしながら立ち上がって頭を下げた。

次長がわざわざ来るなんて、私はなにかヘマでもしたのだろうか。

不安を胸に顔を上げると、次長の後ろに人影が見えた。

「真壁くん、昨日は休みだっただろう。西村課長の後任の土屋課長を連れてきたよ」

倉田次長はいつもに増して機嫌がよく、自慢げな表情を私に向ける。

「は、はい。紳士小物担当の真壁恋実です。よろしくお願――」

言葉はそこで止まった。

……嘘でしょ？

次長の後ろからすっと現れた土田課長は、なんとあの一馬だった。

「真壁くん？　おい」

「あ、はい。すみません」

どういうこと？　なんで一馬がいるの？　ていうか、頭の中がぐちゃぐちゃなんだけど。

だって、歓送迎会の日はすごくラフな服装で、サラリーマンって感じではなかった。それが今はきちんとスーツを着こなしていて、ヘアスタイルもばっちり決めて、仕事のできる男に変身している。しかも私の上司って……これこそ詐欺じゃない！

「君も土屋くんに見惚れてたんだろ～」

「君も結局、顔か」とでも言いたげに、次長がニヤリと笑った。

「ち、違います。ただ、今度の課長は随分お若い方だなと思って……」

本当は違う。本人に直接『聞いてないよ』と叫びたい気分だ。もちろん言えるわけないけれど……。

すると、一馬――いや土屋課長が、私の前にすっと立った。

「真壁さんだね。初めまして、土屋です。売り場に慣れるまで迷惑をかけてしまうことがあるかもしれないけど、よろしくね」

初めて会うかのように軽く会釈しながら、引き締まった顔で笑顔を作った。

な～にが『初めまして』よ。昨日の朝、私のベッドで寝ていたのは誰よ。しれっとしちゃってさ。

「……いえ……よろしくお願いします」

本当のことは言えず、口をもごもごさせて、挨拶も切れ切れ状態。

しかし一馬は何事もなかったかのように、次長と共に隣の売り場へ向かった。

「はぁ。信じられない」

私は手に持っていたダスターを力いっぱい握りしめた。その時……。

「真壁さ～ん！」

名取さんが少し興奮気味に出納から帰ってきた。

「なに？」

「今、土屋課長が来てました？」

「うん」

名取さんは、つり銭の入った袋をカウンターの上に置き大きく肩を落とした。

「ショック～！　エレベーターが満員で一回見送ったんですよ。こんなことなら階段を使えばよかった」

口を尖らせながら、つり銭をレジに入れ始める。

「別にいいじゃん。直属の上司でいつでも会えるんだし」

だが、名取さんの機嫌はまだ治まってはいないようだ。

「で、真壁さん見ました？　土屋課長、超カッコいいですよね〜。やっぱり私はスーツの似合う人がいいな〜。土屋課長、どストライクですよ！　あ〜、なんか用事でも作って事務所に行ってこようかな〜」

そういう時だけ頭の回転が速いのよね、名取さんは。仕事にも活かしてほしいものだ。

「どストライクでもなんでもいいけど、もう開店三分前よ」

私が指摘すると、名取さんは慌ててレジにつり銭を入れ、店内にある鏡で全身をチェックした。

「真壁さん？」

名取さんは小走りで私の横に立つと、さっきまでとは違う真面目な声で私を呼んだ。

「なに」

「私、本気ですから」

まっすぐ前を向き、姿勢を正し、手をお腹の前に添え、いつでもお客様をお迎えできる状態で、決意表明でもするかのように断言する姿に、いつもの名取さんとは思えないほどの本気が伝わってくる。

『あの人私の彼氏なの～』とは口が裂けても言えない。いや、それ以前に信じてもらえそうにもないけど……。一番信じられないのは私自身なのだ。

その時、開店を知らせるアナウンスが入る。

「おはようございます。いらっしゃいませ」と挨拶しながら、これからどうなってしまうのだろうという不安を抱いた。

「一番行ってきます」

大越デパートには、社員用語がある。『一番』はお昼休憩、『二番』は休憩、そして『三番』はお手洗いだ。

今日は早番なので、一番のトップバッターは私。

社員食堂はまだ人がまばらで、自分のお気に入りの席にもすんなり座れた。社食はデパートの八階にあり眺めもいいので、席が空いている時は窓側が私の定位置になっている。今日は、鯖《さば》の味噌煮《みそに》定食を頼んだ。

社食は正直、あまりおいしくない。そもそもデパ地下においしいものがあるからといって社食がおいしいとは限らない。だけど鯖の味噌煮定食に限っては、とてもおいしいのだ。

手を合わせて小さく「いただきます」と言ってから鯖の味噌煮に箸を伸ばしたところで、目の前に影ができた。目だけを上に上げると、トレーを持った土屋課長が満面の笑みで立っていた。

「かず……つ、土屋課長……」

「ここに座っていいかな？　真壁さん」

なにが『真壁さん』よ。わざとらしい。

「……他にもたくさんお席が空いてますけど？」

周りを見渡すように言うと、社食にいる女性陣がトレーを持ったままこっちを見ていることに気づく。正確には、視線はすべて土屋課長に向いていた。しかも目はハートになっている。

「フッ。今朝のことを怒ってんだろ？」

周りの熱い視線など無視するかのように、土屋課長は片方の口角を上げて顔をグッと私に近づけた。そして耳元で囁《ささや》くと、向かいの席に座った。

「別に……あなたの名字が土屋だってこと、今日初めて知りましたから」

無表情を装い、視線を鯖の味噌煮に向ける。

「ふ〜ん。でも、それ以外でも怒ってるよね。顔に出てる」

「怒ってますが、今はそういうのじゃなくて……」

『周りを見てよ』と目で訴えると、土屋課長は顔を上げて視線を感じる方を向いた。

すると、止まっていた時間が動きだすように、土田課長を見ていた女性陣が慌てた様子で近くの席に座りだした。

土屋課長は、「もう大丈夫だろ」と満足げに私の顔を見た。

『超魔術ですか』と突っ込みたくなる気持ちをグッと抑える。

「恋実の言いたいことは今夜じっくり聞いてやるから、とりあえず昼ご飯を食べたら？　時間なくなるぞ」

またも小さな声で言うと、彼は自分のトレーにのった鯖の味噌煮に箸を伸ばす。

「ここの社食はまずいイメージしかないけど、鯖の味噌煮だけはおいしい」

私と同じようなことを言いながら、私よりひと足先に定食を平らげた。

そして席を立つ際にはまたも耳元で「仕事が終わったら家に行くから、鍵を開けとけよ」と囁くと、返却口にトレーを返して社食を後にした。

ひとり残された私はこの後、しゃべったこともない女子社員たちから『あいつは何者だ』とでも言うかのような視線を一身に浴びた。社食にいる女性陣がみんな名取さんに見えた。

いたたまれなくて、すばやくご飯を食べ終え、席を立つ。すると、またも視線を浴びてしまう。

あー、嫌だ。イケメンとご飯を食べるだけで、もれなく冷たい視線がついてくるの？

私は椅子を少しだけ乱暴にしまうと食器を返却口の棚に置き、食堂を後にした。

仕事を終えて帰宅し、夕飯を食べ終えたところで、宣言どおり一馬が家にやってきた。家に入るなり、スーツの上着を脱ぎながら私に差し出す。

しぶしぶ受け取ると、一馬はまるで自分の部屋にいるかのようにリビングのふたり掛けソファーにドカッと座り、ネクタイを緩めた。

私は上着をハンガーにかけた後、一馬の前に仁王立ちした。

「知ってたんですよね？　私があなたの部下になる女だって」

「まあね。でも、あんなところで自己紹介していたら、こんなことにはならなかったよね」

一馬は私が怒っていることなどまったく気にもせずに笑顔を向ける。

「ならないほうがよかったんじゃないんですか？　大体、今日、私がどれだけ冷たい視線を浴びたかわかってます？　まるで罰ゲームでも受けてるような気分でしたよ」

　吐き捨てるように言葉を投げかけた。

「なーに言ってんの。俺が恋実と付き合うのは罰ゲームでもなんでもなくて、恋実に恋愛の素晴らしさを知ってもらい、その名のとおり恋を実らせたいだけ」

　……なんかおかしくない？　誰との恋を実らせるのよ。愛の伝道師みたいなこと言っちゃって。そもそも、なんで一馬は初対面の私と付き合おうと思ったのよ。もしかして、途切れた記憶の中で私がなにか変なこと言っちゃったとか？　とにかく、一馬と付き合ったところで恋愛の素晴らしさがわかるとは現段階ではとても思えない。

「別にそんなことお願いしてませんけど……」

　口を尖らせ、ちょっと語気を荒げてしまった。

　しかし一馬は顎に手を当て、無言のまま私を見ている。

　さすがに言い方がまずかったかな。

　顔色を窺うように上目遣いで一馬を見ると……。

「かわいくね～な～。あの時の恋実はかわいかったのに」

　大きく息を吐き、すごく残念そうな表情を見せた。

　私は『あの時』という言葉に敏感に反応してしまい、顔が真っ赤になる。

でも、あの時になにが起こったのか記憶はまったくない。もう自分で自分をコントロールできないよ～。恋愛より仕事とお金が一番だと思っている私には、突然出会った人とお付き合いをするなんてハードルが高すぎる。

「本当に付き合うの？」

こんなイケメンが、恋愛経験のほとんどない私と付き合ったところで、なんのメリットもないような気がするんだけど……。

「往生際が悪い！　もう恋実は俺の彼女なの。つべこべ言わない！」

チラリと一馬を見ると、そう一喝された。しかも、かなりのドヤ顔だ。出会って二、三日でどうしてここまで言い切れるんだろう。

「でも……私は一馬のことを好きでも嫌いでもないんだよ。むしろ戸惑いしかない。好きになれる自信もない。それでもいいの？」

「問題なし。絶対に俺のこと好きにさせるからさ。それより腹減った～。ビールも飲みたい」

一馬は、もうこれ以上言うなと言わんばかりに話を終わらせた。

この自信はどこから来るんだろう。イケメンだから？　それとも、他になにか企んでいるとか……。

お互いのことをまだなにも知らない中、彼氏ができてうれしいという気持ちより不安のほうが大きい。でも、今私がなにか言ったところでこの話が覆《くつがえ》されることはないだろう。

納得できないことばかりだけど、もしこれがきっかけで男性への苦手意識が少しでも軽減できるのなら、ここは腹をくくるしかない。

私は、このイケメンで同い年の上司と、人生初のお付き合いをすることになってしまった。

こんなチューは嫌だ！

一馬と付き合い始めて一週間が経った。

今まで男性とお付き合いをしたことなどない私には、彼氏とどんなことをするのかすらイマイチわかっていない。とりあえずお互いの携帯番号とメールアドレスは交換したが、私から連絡することはなかった。

だって、なにを話せばいいのかわからないんだもん。それに、ほぼ毎日会社で顔を合わせているし、用もないのにわざわざ電話をする必要があるのだろうか、とも思う。

そんな私とは対照的に、一馬は仕事が終わったころにタイミングよくメールを送ってきたり、私の休みの日に電話をくれたりした。

でも、それだけだ。一馬は毎日忙しそうで、帰りも遅いと人づてに聞く。

ていうか、人に聞いて初めて事情を知るって、本当に付き合っているというのだろうか。

「検品に行ってきます」

検品担当者から商品が届いたとの連絡があり、手の空いていた私は台車を押しながら社員用エレベーターへ向かった。

下りのボタンを押し、階数表示を見上げる。エレベーターはまだ七階だった。

点灯する数字が変わるのをそのまま見ていたが、一向に変わる気配はない。

うわ、これは搬入作業中だな～。

こういうことはよくあって、エレベーターが開いてもカゴ車がたくさん乗っていると、そのまま見送ることになる。

だからといって、台車をたたんで階段を降りるのは避けたい。特に、私のいる四階というのがまた微妙な位置で、毎回、階段にしようかエレベーターを待つかで悩んでしまう。

「どうしようかな」

上を向いて数字と睨めっこをしていると……。

「フッ。口が開いてるぞ」

「うぇ？」

耳元に息をわざと吹きかけるように囁かれ、思わず変な声を出してしまう。

横を見ると、一馬が横に立っていた。

いつからいたの？　足音も立てずに来るから気配すら感じなかった。

私は一馬の反対側に一歩ずれて、彼との間に距離をとった。

すると一馬も私の方へ一歩、近寄る。

「あ、あの、課長」

「どうした?」

一馬はしれっとした顔で返事をした。

「近すぎませんか?」

私は周りに誰もいないことを確認しつつも、小声で言った。

「別にこのぐらいいいだろ? ていうかさ、お前冷たすぎ」

一馬は正面を向きながら小声で話すが、ふたりでいる時のような口調に私のほうが落ち着かなくなる。

「冷たすぎって……どういうことですか?」

私も一馬と同じように前を向いたまま小声で聞き返す。

すると一馬はスーツのポケットに手を入れて、「はあ~」とあからさまなため息をついた。

「あれから、恋実からは電話もメールもありませんが、どうなってんの? いつも俺ばっかり。俺、連絡を待ってたんだけど」

「そう言われましても、特に話すことがないというか……。それに、課長は忙しいと小耳に挟んだので」

台車から手を放して後ろに組み、一馬が視界に入らないよう反対側に視線を向ける。

「誰から？」

「更衣室で女の子たちが話しているのが耳に入ったというか……」

ちらりと顔色を窺うと、一馬は向きを変えてエレベーター横の壁にもたれると、私を見た。いや、睨んだというほうが正しい。

「なんだよそれ。俺って、その程度なの？　俺、恋実からの連絡なら忙しくても出るけどね」

えっ、もしかして怒ってる？　というか、ここは会社。どさくさに紛れて名前で呼ばないでほしい。

誰かに聞かれていないか、周囲をキョロキョロと確認する。

すると一馬は声をワントーン低くし、「誰もいねーよ」とぼそりとつぶやいた。そして、ポケットからスマホを取り出し、なにかを確認すると、すぐにしまう。

「明後日、空けとけ」

そう言った途端、私の持っていた台車を掴んで自分の方へ力強く引っ張った。台車を私から遠ざけ、私の目の前に立つ。そして顔をグッと近づけたかと思うと……。

――チュッ。

頬に一馬の唇が触れた。本当に一瞬の出来事だった。

「なっ、なっ、な……」

驚きのあまり、私は魚のように口をパクパクさせて直立不動になる。

「恋実が俺に無関心すぎてムカついたからだ、ざまーみろ」

一馬はニヤリと笑うと、エレベーター横にある階段の方へと歩いていった。

私はしばらく動けず、やっとエレベーターの扉が開いたにもかかわらず、「いいです」と手を横に振って見送るのが精一杯だった。

まったくなんなのよ。会社でキスとか、ホントありえない。唇じゃなくて頬だったけど……って、場所の問題じゃない！　というか私、初めてなんですけど！　頬だから初キスにはカウントされないかもしれない。だけど……『ざまーみろ』ってなによ。

キスされた頬に思わず手を当てる。なんとなく感触が残っているように感じ、一気に顔が真っ赤になった。

しばらく動けず、それから間もなくエレベーターの扉が開いたが、気が動転して再び見送ってしまったのは言うまでもない。

今日は一馬に言われたとおり、予定を空けた。二日前に一馬から『空けとけ』と言われたので、定時の早番で帰ってきたのだ。

うっかり残業でもすれば、一馬になにをされるかわからない。それに、あのエレベーター前での不意打ちの〝ほっぺにチュー〟に対して、どうしてもひと言言ってやりたかった。

だから鼻歌交じりで、まるで我が家のように私の部屋へ上がり込んだ一馬に、すぐさま猛抗議をした。

「なんで、会社であんなことをしたのよ」

恥ずかしくて『キス』という言葉が言えず、キスされた頬を指すと、一馬がすぐさま「キス？」と問いかけた。

「そ、そう！　どうして会社でするかなー。外国の映画じゃあるまいし、あんなこと、普通は絶対にやらない」

両腕を広げ、それこそ外国映画に出てきそうなジェスチャー付きで文句を言う。

しかし私の怒りも虚しく、予想どおりの言葉が返ってきた。

「あのぐらいやらないとお前、自覚しないだろ？」

一馬は大きくため息をつくと、呆れ顔を浮かべた。

「なにが？」

「俺の彼女だってこと」

か、彼女って……。

直接言われたのは初めてで、しかもその言葉自体、慣れていないものだから、急に心臓がバクバクしだす。

「そ、そんなこと、しなくたってわかってます。大体、課長ともあろう人が仕事中にキスしますすか？」

「するんじゃね？」

真顔で答える一馬に私は言葉を失った。

ええ？　みんな、仕事中にチューするの？

驚いている私を見て一馬はフッと笑い、冷蔵庫から勝手に缶ビールを取り出した。

そして再びソファに座ると、勢いよく缶を開ける。

「てかさ、隠れてチュー以上のことをしてるヤツもいるんじゃないの？」

そう言ってビールをひと口飲み、私の反応を楽しむかのようにニカッと笑った。

顔がゆでダコのようにカーッと赤く染まっていくのが自分でもわかる。

そんな私の変化に、一馬はお腹を抱えて笑っている。

「そこ、笑うとこじゃない！」

だけど私もバカだ。こんなの、クールに聞き流せばいいのに……。もう、最悪。これだから、恋とか愛は面倒なのだ。

「ははは。裏切らないリアクションを見られると思うと、ついいじめたくなるんだよね。それに、一度も連絡くれなかったんだから、これくらいの意地悪なんてかわいいもんだぞ」

ビールをひと口飲むとニヤリと笑った。

もしかして、男のくせに根に持つタイプ⁉

「痛っ！」

眉間にシワを寄せて考えている私のおでこを、一馬は缶ビールで小突いた。

「はぁ。なんか、ここまで顔に出ると、表情だけで会話できそうだわ。一応言っておくけど、俺は恋実と仕事以外の話がしたかっただけだよ。久しぶりの日本で仕事も正直まだ慣れないし、帰宅も遅いからデートもできない。せめて疲れている時には彼女からの電話やメールで癒されたいって思っていたのに。お前からは一度も連絡がない上、話すことがないとか言われて……。『はいそうですか』って思えるわけねーだろ」

「ええ!?　恋人同士って、そういうものなの？」

驚く私に、一馬は肩を落とす。そして、なにかを悟ったように顔を上げた。

「ごめん。お前が恋愛未経験者だってことすっかり忘れてたわ」

「うっ……」

痛いところをつかれた気分だ。反論できず、視線を逸らした。

「あのな、いちいち説明するの面倒くさいから、もう言わない。その代わり……」

「その……代わり？」

なにか変なことを言われるんじゃないかと身構えた私に、一馬の顔がグッと近づく。

「逃げるんじゃねーよ」とでも言いたげに私の手を掴んだ。

「一日一回、必ず電話かメールをすること」

「は？」

もっとすごいことを要求されるかと思っていたから、ちょっと拍子抜けしてしまった。

「『は？』じゃない。それに、お前だけにそうしろって言ってるわけじゃない。俺だってするよ。とにかく、俺との距離を縮めるためにもこれが手っ取り早いから。それと……」

一馬は少し苛立ちながらジロッと私を見る。

「まだあるの？」

男の人と付き合うのって、こんなにもお約束事があるの？

しかし、一馬のひと言は意外なものだった。

「会社でキョドるな！」

「へ？」

またも女性らしからぬ声が出てしまった。

「『へ？』じゃねーよ。なんなの、あれ。毎日毎日俺と目が合うたびにキョロキョロして。今はお前の彼氏だけど、会社では俺が上司なんだからな。ああいうのはやめてくれよ。お前だけだぞ、俺にあんな態度を取るヤツは。他の女子社員は――」

はぁ？　会社でキスしてきたくせに、都合よく『上司』だなんて言わないでほしい。

それに、自分がどれだけ女子社員たちから注目されているか、無自覚にも程がある。

「それはみんなが一馬を狙ってるからよ。もし私と一馬が付き合っているなんてみんなに知られたら、とばっちりを受けるのは私なの！　だから、一馬はよくても私は絶対に嫌」

好きでキョドっているわけじゃない。周りが敵だらけの中で、バレたらどうしようと気が気じゃなくてキョロキョロしちゃうんだよ。

「だから周りを気にしているってこと？」

「そう」

私がうなずくと、一馬は「はぁ」と大きなため息を漏らした。顔に手を当て、その手をズルズルと口元へとやる。

「お前は極端すぎるの」

「え？」

「俺が女子社員に狙われていたところで、俺の彼女は恋実だけ。それに俺もバカじゃねーから、お前が困るようなことはしない」

さっきまでの不貞腐《ふてくさ》れ気味な口調から一変して、急に優しい声で言い聞かせるように話す一馬に、私は不覚にもドキッとした。

「で、でも、一昨日のほっぺにチューは……」

「あれだって、周りに誰もいないことぐらい確認済みだっての。俺はヘマしません。それよりも、恋実は自分のことを過小評価すんな。まったくお前は自分のことに関して無自覚すぎる。だから俺は……」

そこまで言って、一馬は話を途中でやめてしまった。

「『俺は』、なに？」

言葉の続きが気になり催促する。

「ん？　……俺は……あれ？　なにを言おうとしたんだっけ……」

一瞬、ハッとバツの悪そうな顔をしたかと思うと、わざとらしく明後日の方向を見ながら顎に手を当てた。

なんとなくはぐらかされたような気がしてならない。だから余計に気になるけど、ここで無理に追及するのはなんだか大人げないような気がして、聞きたい気持ちをのみ込んだ。

結局、付き合って初めてのデートは、ラブラブとは無縁の〝お説教おうちデート〟で終わってしまった。

強制参加の親睦会

「いいじゃないですか〜。ね、行きましょうよ〜」

普段よりトーンを上げた名取さんの声が、お客様のいなくなった閉店後のフロアに響く。

閉店後、売り場のレイアウトを少し変えるために紳士小物売り場のスタッフ全員で残業をしていた。一時間の予定だったが、なぜかみんなものすごい勢いで作業をしてくれるものだから、四十分程度で終わることができた。

そして、私がたくさん積まれたダンボールを専用のカゴ車に捨てて戻ってくると、みんなが集まって、なにやらキャッキャと黄色い声を上げながら話していた。

その中心には、一馬がいた。

なんだか楽しそうだね。まあ、別に私にはどうでもいいけど。

私は無関心を装いながらケースに布をかけ始めた。

「ああ、真壁さん！」

後ろから、名取さんに甲高い声で呼ばれる。

「なに？　仕事が終わったなら、これに主任の印鑑をもらってほしいんだけど……」

本当は布かけが済んでいないけれど、手を動かさずに一馬たらとしゃべっているから、つい嫌味っぽい言い方になってしまった。

「だったら、課長の印鑑でもいいですか～？」

ちょっと名取さんよ、完全に女モードに入ってない？　私の前でもこのしゃべり方ということは……課長がいるからだね。

「主任以上なら誰でもいいよ」

「わかりました～。ていうか、違う違う。真壁さんもちょっと来てくださいよ～」

淡々と答える私の手を名取さんが掴んだ。そしてなぜか、課長を取り巻く輪の中へと連れていかれる。

「なんなの？」

名取さんを含めた四人の女子社員の熱い視線にさらされて、思わず身構えてしまう。

「実は～、課長に『飲みに行きませんか？』って誘ったんですよ～。だって先日の歓送迎会、課長は間に合わなくて来られなかったじゃないですか～」

名取さんの気合いの入れ具合が声のトーンで丸わかりだ。

……あれは間に合わなかったんじゃなくて、嘘ついてドタキャンだったんだけどね。

しかも私と飲んでたし。

女の目をした名取さんが私を見て話を続ける。

「だから～、親睦も兼ねてお誘いしたんですけど、なかなかもＯＫもらえなくて～」

「じゃあ、仕方ないじゃん。日を改めて親睦会でもなんでもやればいいじゃない」

歓送迎会に出たくなくてドタキャンするような人が名取さんたちの誘いに乗るとはとても思えず適当に答える。

想定内の返事だったのだろう。みんなが大きなため息をこぼした。

「ほらね、真壁さんはそういうの好きじゃないもん」

名取さんのひとつ下の後輩、小林《こばやし》さんが私をジロリと見た。

そうよ、あなたたちと飲むより〝あおい〟でひとり手酌で十分よ。

だけど後輩たちは諦めきれないのか、私に文句を言いたそうな視線を向けている。

「なにが言いたいの？」

なにも言わない後輩たちにイラッとしていると、それまで黙っていた土屋課長が、一歩前に出てきた。

「いや、全員参加での親睦会ならいいよって言ったんだよ」

すかさず、目をパチパチさせた名取さんが擦り寄ってきた。

「そうなんです～。真壁さんも参加するなら課長もＯＫしてくれるんですよ。だから真壁さ～ん、行きませんか？　いや、行きましょうよ～」

「私、そういうのは……」

私が飲み会嫌いなのをわかってるでしょ？と視線に込める。

しかし私の気持ちひとつで親睦会に行けるか行けないかが決まるとあって、私がどんなに行きたくないオーラをまき散らしても、彼女たちは私の睨みなど屁とも思っていないようだ。既にどこで飲み会をするかを話しだしている。

助けを求めるようにチラリと一馬を見るが、顔色ひとつ変えずに課長の顔をしていて、助ける気などさらさらなさそうだ。その上、営業スマイル全開の顔を私に向けた。

「僕は真壁さんとゆっくり話してみたいって思ってたんだ」

「……え？　は、話？」

ちょっと、なに言ってんの？　最近はゆっくり話をしてるじゃん。毎日……もうそれは日課のように、電話やメールでのやり取りをしている。

【今日は早番なので先に帰ります】と簡単なメールを送ることもあれば、【今、帰ってきた。もう寝てるよね、お休み】と一馬から夜遅くメールが届いても、起きていれば私から電話をかけることもある。

とはいえ、なにを話せばいいのかわからなくて、夕飯に作ったものや最近読んだ本の話をするだけなんだけど……。

でも、一馬はどんなつまらない話もちゃんと聞いてくれる。だから少しずつだけどお互いを知ることができるようになってきた。

それなのに、わざとらしく『ゆっくり話してみたい』だなんて言うものだから、開いた口が塞がらない。

「え〜、真壁さんだけずる〜い。私には言ってくれないんですか？」

すかさず名取さんの猛アタックが入る。

しかし一馬は私の返事を待っているとばかりに名取さんの言葉をスルーしている。

ちょっと、これってお前も来いよってこと？

どうしたものかと返事に困っていると……。

「真壁さん、行きましょうよ〜」

後輩たちが、普段なら絶対に言わないことを連呼している。

そして一馬の目も『空気を読めよ』と訴えているようだった。

「わ、わかりました……。ただし、顔を出す程度だから……」

言葉が小さくフェードアウトしていくけれど、後輩たちはそんなことはどうでもいいらしく、いつもの倍の速さで残りの後片付けをさっさと済ませた。

名取さんも早速、私物袋から自分のスマホを取り出すと、すぐにお店へ電話し、席があるかどうかの確認をしている。

こういう機敏な動きをなぜ仕事に活かせないのだろう。

別人を見ているような感覚で名取さんを見ていると……。

「顔出し程度なんて認めねーからな」

いつの間にか横に立っていた一馬がぼそっとつぶやいた。

驚いて視線を移すと、思いっきり目が合う。

「な、なに言ってるんですか、課長。あんなかわいい子たちと飲めるんだから、私なんかいなくても……。それに、私は飲み会が嫌いだって知ってるじゃないですか」

小声で抗議する。

「そんなのは俺も同じだ。だけど一回は参加しないとずっと誘われそうで嫌なんだよ。それにお前がいなきゃ飲まないってのも正直な気持ちだから、そのつもりで」

「な、なっ……」

周りに人がたくさんいるにもかかわらず、さらに私との距離を縮めて『お前がいなきゃ飲まない』なんて言うから、顔も耳も真っ赤になってしまう。

アタフタする私に、一馬は楽しそうに微笑んでいた。

その笑顔に、これまたドキッとしてしまう。

な、なんなの？　こんな場所でそんな発言をして、万が一みんなに付き合ってることがバレたら、私、殺されるじゃん。もう勘弁してよ～。……って、あれ？　私、今なんでドキッとしたんだろう。別にまだ好きになったわけでもないのに。単に顔がカッコよかったから？

この胸の高鳴りを自分でもよく説明できず困惑していると……。

「予約取れました～！　とりあえず、着替えが済んだら一階社員用エレベーター前集合で！」

完全に幹事となった名取さんの声が聞こえてきた。

後輩たちもいつにない速さで更衣室へと向かった。


――カチ～ン。

「お疲れさまで～す」

お酒の入ったグラスの重なり合う音よりも甲高い女子たちの声が響く。もちろん視線は、一馬に一点集中。なんだか仕事以上の意気込みを感じる。

店に入った途端、私以外の女子全員が椅子取りゲームでもするかのように一馬の隣に狙いを定めていたし、彼の前に広げられたメニュー表にも、群がるように『なに食べます〜？』『私これ食べた〜い』などと、なにげに自分の好きなものまでアピールしたり……。いつもの歓送迎会では絶対に見られない光景だった。

まさにハーレムだわ……って、自分の彼氏の様子を一番端の席で生ビールを飲みながら冷静にウォッチングしている私もどうかと思うけど……。

とはいえ、こんなことになるだろうと予想はしていたし、長居するつもりもなかったから、時間を見計らって退席することしか正直考えていなかった。

そして主役の一馬はというと、終始にこやかで毒気のない表情を女子たちに振りまいていた。

「課長って、普段どんなお店に行かれるんですか？」

ひとりが質問を始めると、みな『待ってました！』とばかりにお尻を浮かせて課長の方へ身を乗り出す。

一馬は「ん？　普段ねぇ……」と言いながらチラリと私を見ると、小さくフッと微笑んで視線を戻す。

「こういう若い人が利用するようなオシャレな居酒屋じゃなくて、昔ながらの居酒屋が好きかな」

思わずビールを飲む手が止まる。

ちょっと、それって私のことじゃないの？

「ええ～。『若い人』って、課長だって若いじゃないですか～。じゃあ、こういうところはお嫌いですか？」

名取さんは肩をすくめ、上目遣いで残念そうに見つめる。きっと課長が喜ぶと思って、自分のお気に入りの店にしたのだろう。

「いや、嫌いというわけじゃないよ。ただ、カウンターがあってママさんがいて、常連のおじさんたちがいるような居酒屋が好きなんだ。こういうところって、仕切りがあるだろ？　自分たちだけで飲んでますっていうのも確かにいいんだけど、偶然隣になった人からの話って新鮮で……。内容によっては仕事にも役立ったりするんだよ」

『それ、〝あおい〟でしょ！』と突っ込みたくなったけれど、やめた。

だって一馬は表情を和らげ、あの時のことを思い出すかのように楽しそうに話していたから。

その姿に、〝あおい〟を気に入ってくれていることがわかり、私もちょっとうれしかった。

「なんか素敵ですね」

どうやら女子たちのハートは鷲掴《わしづか》みにされたようだった。

「私も行ってみたいな～。課長、今度連れてってくださいよ～」

そして誰よりも先に、名取さんが猫撫《ねこな》で声《ごえ》でアピール。

こうなりそうなことは予測していたけど、私の行きつけなんだからやめてよ。

もう、一馬が余計なことを言うから、と不安になってると……。

「ごめん。そこは僕の秘密の場所だから……ナイショ」

一馬は申し訳なさそうに頭を下げた。

女子たちも「ざんね～ん」と案外あっさりと諦めてくれて、ホッとした。

その後も彼女たちは、競い合うように一馬にあれやこれやの質問攻め。その間、私はすっかり蚊帳《かや》の外だった。

なによ、鼻の下を伸ばしちゃってさ。こんなことなら最初から私抜きで楽しめばよかったじゃない。まったく……ちっとも面白くない。

しかも、そろそろ私だけでも帰ろうと思えば、一馬にすかさず「真壁さん、飲んでる？」とドリンクメニューを差し出され、ことごとく抜け出す機会を奪われた。

そうして会話にもほとんど入ることなく、気づけば一時間以上が経っていた。

さすがにこれだけいればもう抜けても大丈夫だろうと、いつものようにトイレに行くふり作戦で帰ろうと決心する。小さなぽち袋にお金を入れ、私の方などまったく見向きもしていない後輩のテーブル付近にそっと置いた。そしてカバンを持ち、立ち上がって『トイレに行ってきます』と言おうとした時だった。

「ええ？　課長ずるい～。教えてくださいよ～。彼女いるんですか？」

名取さんの甲高い声に、私の足は〝よーいドン〟で走りだしそうな体勢のまま止まった。そのまま無視して帰ればいいのに、一馬がなんと答えるのか気になる。耳だけを一馬の方に集中させて、どんな言葉が飛び出すのかを待っていると……。

「い……ない」

一馬は『い』と言ったところで私と一瞬目を合わせたが、すぐに逸らした。

はあ？　なんでタメを入れた上に、嘘を言うかな～。

驚いて目が点になった。

「だったら私、立候補したい！」

「え～、私も～」

先生に指名されたい生徒のように次々と手が挙がる。

なんなのよ、これ。親睦会じゃなくて、一対六の合コン⁉　一馬が嘘をつくからこんなことになるんだよ。目の前に、私という彼女がいるというのに……。

確かに、付き合いだして日も浅い。知らないこともたくさんある。だけど、目の前で否定されて気分がいいわけない。せめて『彼女はいるけど、どんな人かはナイショ』くらいにとどめてくれればよかったのに。

ますますテンションが下がり、どうでもよくなった私は、帰るなら本当に今しかないと、よーいドンの姿勢のままゆっくりと回れ右をした。その時……。

「真壁さん？」

突然、一馬に呼ばれた。

さっきまでキャーキャーと盛り上がっていたのに、そのひと声で場がシーンと静まり、みんなの視線も私に集中する。

「な、なんですか？」

一馬の不敵な笑みに、嫌な予感しかしない。

「真壁さんは立候補しないの？」

なに言ってんの、この人は。立候補もなにも、一応私はあなたの彼女なんでしょ？絶対わざとだよね。しかも面白がってるよね。

「し、ま……せん！」

「もう〜課長、ダメですよ！　真壁さんはそういうの嫌いなんですから〜」

私の言葉に、すかさず名取さんが間に入った。

「そういうの？」

課長が聞き返すと、名取さんは『論外だ』とでも言わんばかりの目つきで私をチラリと見ると、再び満面の笑みを一馬に向けた。

「真壁さんは恋愛とかまったく興味ないんですよ〜。恋よりも仕事！なんです。ね〜、真壁さん？」

名取さんの言っていることは間違ってない。実際、一馬と出会う前はそうだったし、今だって付き合っているといっても正直それがどんなものかよくわかっていない。それに一馬のことが好きかと聞かれたら、好きだと断言できる自信はない。

「ふ〜ん、そうなんだ。真壁さん、後輩にこんなこと言われて悔しくないの？」

一馬から笑顔が消え、真顔で私を見る。

その顔は課長として見せる顔ではない。少し意地悪でなにを考えているのかわからない、プライベートの顔だった。

「べ、別に……本当のことですし」

一馬に顔を見られたくなくて視線を逸らすように斜め下に向け、声は徐々に小さくなる。

「つまんねー女」

「は？」

一馬の吐き捨てるような乱暴な言い方に、私はハッと顔を上げた。

「ただ怖がってるだけじゃん。単に仕事に逃げてるだけなんじゃないの？」

一馬の冷たいひと言に、賑《にぎ》やかだった場の空気が一気に凍りつく。

「か、課長……ちょっと言いすぎじゃ……」

さすがの名取さんも、自分のひと言で険悪ムードになったことに動揺を隠せない様子だった。他の女子たちもバツが悪そうに下を向いている。

「そうかもしれませんね。でも課長には関係ないですし、そんなことを言われる筋合いないですよね」

これ以上、場の空気を悪化させたくないけれど、黙ってられなかった私は思いきり一馬を睨みつけた。

「確かに関係ないかもね～」

一馬は腕組みしながら私を見下すような目を向けた。

これが付き合っているふたりの会話なのだろうか？

本当のことを言われて悔しいのと、仮にも彼女である私に優しくない一馬に、怒りで手が震える。このままだと言いたくないことまで言ってしまいそうだ。

「ごめんなさい。楽しいお酒がまずくなって親睦会じゃなくなりそうなので……私はこれで失礼します。会費は小林さんの横に置いていたので、名取さん、後はよろしくね」

なんとか平常心をキープし、私は退室した。そして猛ダッシュで店を出ると、早歩きで帰路を急ぐ。

本当は帰りに〝あおい〟で飲んで帰ろうと思ったけど、もうそんな気分ではなかった。頭の中がもうぐちゃぐちゃだ。

なんでみんなの前で私のことをあんなにけちょんけちょんにけなしたの？　確かに付き合っていることはナイショだけど……でも、やりすぎだよ。それとも、恋愛ってこういうものなの？　もしそうなら、やっぱり恋愛なんていいことなんかなにもないじゃん。

早歩きだった足は徐々に速度を落とし、気づけばトボトボ歩きになっていた。

「もう、恋愛やめたい」

肩を落としてつぶやいた、その時……。

「それは許さない」

後ろから覆いかぶさるように一馬に抱きしめられた。

「ひっ！」

驚きのあまり、相変わらずかわいげのない声を出してしまう。

「放して」と力いっぱい体を左右に揺さぶるも、男性の力にはかなわない。背中から一馬の鼓動と息遣いが伝わってくる。

もしかして走ってきたの？

追いかけてくれたことに少しだけうれしいと思ったのも束の間、それならなぜ私をけなすようなことを言ったのかと、再び怒りが込み上げてくる。

「課長、親睦会はどうしたんですか？」

敢えて他人行儀な言い方をした。

「恋実のおかげで抜け出せた」

だが、一馬の声は弾んでいた。

「はあ？」

渾身《こんしん》の力を込めて一馬の腕を払い、振り返る。

「どういうことよ」

キッと睨みつけるも、一馬はしれっとした顔で、しかも口角を上げている。

「どういうことって……ふたりが一緒に抜け出せる口実を作ったんだけど？」

抜け出せる口実？　なに言ってんの？　あんなに人の悪口を言って、みんなの前で恥をかかせて、私がどんな思いでいたかわかってんの？

「そんなこと誰も頼んでない。それに抜け出したいからって、あんなこと……」

唇が小刻みに震え、目頭が熱くなってきた。

他にも言い方があったんじゃないの？　いくら私たちが付き合っていることを秘密にしたとしても、あんなふうに『つまんねー女』とか、彼女に対して言う？

「なに、本当のことを言われて怒ってんの？　俺、謝んねーよ。自分の女をバカにされて気分いいわけねーのに、当の本人は否定どころか肯定してるし……」

一馬は怒り気味に言葉を吐くと、私をジロッと睨んだ。

えっ、そんな理由で一馬は怒ってたの？　ていうか、『自分の女』だなんて、ちょっとドキッとするじゃない。いやいや、それでも他に言い方ってものがある。

「だからって、同僚の前なんだから、言っていいことと悪いことがあるでしょ」

「ま～、あれだけ言っておけば俺と恋実が付き合っているなんてことは、だ～れも思わないだろうしね。それから、俺は恋実とふたりきりで会いたいと思ってるのに、そういう俺の気持ちにまったく気づいてないことにも腹が立ったんだよ」

一馬は『してやったり』と言わんばかりの顔を浮かべながらも、口調は少し怒っているようだった。

その瞬間、視界が真っ暗になった。

「え？」

もしかして私、抱きしめられてる？

一馬から爽やか系の香水の香りが漂ってきて、途端にドキドキしてしまう。

「お前さ、俺の言ったとおりに毎日必ず電話やメールはしてくれるけど、一度も『デートしたい』とか『会いたい』って言わねーよな」

「だ、だって……いつも遅くまで仕事しているし、休みも合わないというか……」

慌てて言い訳するが、言葉がだんだんとフェードアウトしていく。

すると一馬は私から体を離し、両手を握った。そして鼻と鼻がくっつきそうなほど顔をグッと近づけると、はにかんだ笑顔を向けた。

「俺は会いたいんだ」

さっきまで私のことをけなしていたかと思えば、なんなのよ、この糖度高めな言葉は……。調子が狂う。

真っ赤になった顔を見られなくて思わず下を向く。

「会いたいって……いつも会社で会ってるじゃない」

なんとか普通の会話に戻そうとすると……。

「はぁ、お前、手ごわすぎ」

再びギュッと抱きしめられた。

「え?」

「早く俺を好きになれよ」

そう耳元で小さく囁かれ、首から上の体温が一気に上昇する。

さらっと糖度を上げないでよ。ていうか、こういう時はなんて返事をすればいいの?

「尽力……します?」

なんとか言葉をひねり出すと、一馬はよっぽど面白かったのか、抱きしめる腕を離すと豪快に笑った。

「な、なんで笑うのよ! そもそも私はまだ怒って――」

「はいはい、怒ってんだろう? お前の愚痴《ぐち》は、〝あおい〟でじーっくり聞いてやる」

一馬は私の言葉を最後まで聞く気がなさそうに途中で割り込んできた。

「え？」

「お前とふたりで昔ながらの居酒屋に行きたかったんだよ」

一馬は『逃がさないぞ』と言わんばかりに私の手を握ると、歩きだした。

「ちょ、ちょっと。本当にひとりで店を出てきたの？　どうやって抜け出したのよ！」

戸惑いを隠すように、少々キレ気味で尋ねる。

みんな一馬と飲みたくて親睦会を開いてくれたのに、主役が抜けるなんて……。そんなの、あの名取さんが許すはずない。

「ああ〜、『明日から仕事しづらくなるのも困るから謝ってくる。すぐに戻るから』って言って、そのまま」

一馬はまったく悪気なさそうに、その時のことを再現するようにジェスチャーを交えて言った。

「え？　じゃあ、もしかして……」

「待ってるかもね！」

いたずらっ子のように舌を出した。

「『ね！』って……」

ちょっと、イケメンはなにやっても許されるってわけ？

わざとらしくため息をつくと……。

「ん？　なんだよ。まだなにか？」

面倒くさそうに私を見る。

「別に。ただ、モテる人は得だなと思って……」

私の嫌味に、一馬が歩く足を止めた。そして大きくため息をつくと、顔をグッと近づけ、私の頭を優しく撫でる。

「いくらモテようが、好きな女に好かれなきゃ意味ねーの」

言い聞かせるような一馬の優しい声に、私はさらに顔を赤らめた。

今日はいったいなんという日なのだろう。けちょんけちょんにけなされた後は、糖度高めな言葉のシャワー。

悔しいかな、糖度が高ければ高いほど、さっきまでの怒りはいつの間にか消えていた。

初めてのキスは資材置き場⁉

「真壁さん、こんにちは」

「あっ、堤《つつみ》様いらっしゃいませ」

途中棄権した飲み会から一週間が過ぎた。

一馬が私を探しに行ったきり帰らなかったことで、翌日は後輩女子社員たちから質問攻めにあい、大変だった。もちろん、今回はうまくごまかせたけど、いつまでこのごまかしがきくのかわからない。

そんなこんなでバタバタしていたけど、仕事に関しては順調だ。今日は常連の堤様がご来店くださっている。

「先日買ったネクタイ、すごく好評でね、真壁さんに選んでもらったものはいつも間違いないから、助かってるよ」

「そんな、とんでもないです。私はただアドバイスをしただけで、最終的に選ばれたのは堤様ご自身ですから」

堤様は不動産会社を経営している社長さんだ。普段人と会うことの多い職業柄、身だしなみにはかなり気を配っている。

もともとは外商のお客様だったが、二年前に私が選んだ一本のネクタイを購入したところ、とても評判がよかったのだそう。それ以来、こうしてコンスタントにご来店くださっている。

先日も、大きな商談があるからとネクタイを購入してくださったが、どうやら喜んでいただけて、私もホッとしている。

ただ、ネクタイひとつにしても値段は幅広いし、シチュエーションによってはＮＧなものもある。そのため、選択をすべて私たち販売員任せにされるのは困るので、お客様の好みや普段着ているものをある程度把握した上でいくつか提案し、最終的にはご本人に選んでいただくようにしている。

嘘はつきたくないから、なんでもかんでも『似合う』とは決して言わない。あくまでお客様に合うものを。これだけは徹底している。

私をひいきにしてくださるのは、堤様のような会社経営者や裕福そうな年配のお客様が圧倒的に多い。もしかすると、私のチョイスがおじさんウケするのかもしれない。

でも、そんな年配のお客様を多く担当していると、困ることもある。

「ところで堤様、今日はなにをお探しで？」

さ～今日も頑張るぞ！と意気込んでいると、堤様はなにか言いにくそうに後頭部に手を当てた。

「いや……今日は買い物じゃないんだ」

その途端、嫌な予感がした。

買い物じゃないということは、まさか……。

「実は、真壁さんに紹介したい男《ひと》がいるんだ」

やっぱり。

年配のお客様を担当していると、年に一、二回こういう話が舞い込む。その〝紹介したい男性〟というのは、自分の会社の部下だったり、婚期を逃した、もしくはバツイチの御子息だったりとさまざまだ。

私が二十二歳を過ぎたあたりから、この手の話を持ちかけてくるお客様が多くて、実は困っていた。

「あの……私はそういった――」

「まーまー、そうすぐに断らんでも。話だけでも聞いてくれ」

やんわりと断ろうとするも、強引に遮られてしまう。

「……はぁ」

頑《かたく》なに断って相手を怒らせれば顧客がひとり減るし、かといってほいほい聞いていると、結婚に乗り気だと勘違いされてお見合いのセッティングにまで話が及びそうで、仕事より厄介《やっかい》なのだ。

「紹介したいのはうちの長男なんだがね」

堤様はスマホを取り出すと、その中からご子息の写真を私に見せた。

これまでの経験上、掘り出し物はない。今まで独身だった理由が画像一枚ですぐにわかる相手ばかりだった。

「えっ⁉」

だけど、今回は……掘り出し物⁉

面長の輪郭と、サラリーマンぽくない緩いウェーブのかかったマッシュヘア。瞳《ひとみ》も、細すぎず大きすぎないバランスのよさ。そして男の人らしい薄い唇で、まさにイケメンという言葉がぴったりな人だった。

こらこら、ダメダメ！　私、なにを浮き足立ってんの。しかし、驚いた……。いや、驚かないかも。

なぜなら、堤様は〝おじさん〟というより〝ジェントルマン〟という言葉が似合う方で、あの名取さんも『堤様はあり』と言うほどだ。だからご子息がカッコいいのはある意味当たり前でもある。

「私が言うのもなんだが、見た目はそう悪くないだろ？」

　堤様は自信ありげに写真を見つめる。

「え、ええ……」

　だからといって、仕事と関係のないこの手の話を振られるのは本当に困ってしまう。それに、彼氏がいなそうに見えるけれど、私には一応、彼氏がいる。ちゃんと断らないと……。

「だけど女性に対して極度の人見知りでね。結婚はしたいと本人も言っているんだが、うちの会社の女子社員を紹介するのもなぁと思っていたら、ふと君のことを思い出してね」

「はあ……」

「どうかな？　会ってみるだけでもいいんだ」

　堤様は、私に考える隙も与えないぐらいかなり強引に近づいてくる。

「あの、お気持ちはとてもありがたいんですが、私――」

『私には彼氏がいます』と言おうとした時……。

「いらっしゃいませ。お客様」

後方から、一馬の声が聞こえてきた。

「つ、土屋課長」

一馬は私の横に立つと、堤様に向かって頭を四十五度下げた。

「お客様、うちの真壁がなにか失礼なことでも？」

すると堤様は慌てて手を横に振ると、自分の息子との見合い話を口にした。

「――というわけで、真壁さんみたいな素敵な方ならうちの息子にぴったりじゃないかと思ったんだけど……。仕事中にこんな話はまずかったかな？」

堤様はバツが悪そうな表情を浮かべている。

チラリと課長の方を見ると、こちらはマネキンみたいな笑顔を貼りつけていた。

「さようでございますか。堤様、せっかくのお話ですが、うちの真壁には将来を約束した相手が既におりまして」

「ええ⁉」

なぜか堤様と同じリアクションを取ってしまった。

ちょっと、私にそんな相手がいるとか嘘を教えちゃダメだよ。バレたらどうするの？

「真壁さん、そういう人がいるのかい？」

さっきまでの勢いはどこへやら、堤様が不安そうに私を見る。

「え、えーっと……それは……」

どう返事をすればいいのか、言い淀《よど》んでいると……。

「私です」

一馬が、私と堤様にしか聞こえないような小さな声で言い切った。

「嘘！」

再び堤様と同じリアクションをしてしまった。驚いて課長を見る。

「本当に申し訳ありません。このことはまだ誰にも話してないものですから……」

一馬は完璧な営業スマイルでそう言うと、『頭を下げろ』とばかりに私の頭に手を乗せて軽く押した。

「も、申し訳ありません」

課長と一緒に九十度の角度で頭を下げる。

「そうですか……。でも、仕方ないですね。相手が悪すぎた」

頭上から堤様の声が聞こえた。

顔を上げると、堤様は私にではなく課長に向かって口を開いた。

「あなたは御目《おめ》が高い。彼女を幸せにしてあげてください」

「はい」

極上の笑顔で答える課長に、一瞬ドキッとした。

なによ、その笑顔は！　将来を約束しただなんて嘘までついて。

そう思いながらも、鼓動は激しく打っていた。

「真壁さん」

堤様は写真を胸ポケットにしまうと、私に微笑んだ。

「は、はい！」

「また買い物する時はアドバイスを頼むね」

「こちらこそよろしくお願いします」

深く頭を下げると、堤様は下りのエスカレーターに乗り、この場を後にした。

堤様の姿が見えなくなったところで、課長に文句を言おうと横を向くと、さっきまでいたはずの姿がなかった。

「どこに行ったのよ」と口を尖らせながら売り場の周りを見渡したがどこにもおらず、私のモヤモヤした気持ちだけが残る。

「真壁さ～ん」

タイミングがいいのか悪いのか、名取さんが駆け寄ってきた。

「どうしたの？」

「ダンディー堤氏となに話してたんです？　課長まで現れたし……」

売り場のどこかで見ていたのだろか。ニヤニヤしながら探ってくる。

あ〜、面倒くさい。

「なんでもないよ」

そんな言葉で引き下がる名取さんじゃないことはわかっていたが、本当のことを言うつもりもなければ、言えるわけがない。

「え〜、絶対になにかあった！　ねえ、教えてくださいよ」

名取さんも名取さんで引き下がる気はまるでなしといった様子だ。

でも下手なことは言えない。なんと答えようか考えていると、背中を誰かにポンと叩かれて振り向いた。すると、消えたはずの一馬がいつの間にか戻ってきていた。

「お礼を言いに来てくれたんですよ」

しかも私の代わりに返事している。

「お礼？」

首を傾《かし》げる名取さん。

「そう、真壁さんのセレクトのおかげでいい仕事ができてるって、わざわざお礼を言いにご来店くださったんだ。君たちもお客様に喜ばれる接客を心がけるように頼むよ」

そう一馬は模範的な返答をした。

「は～い」

名取さんは期待したような話題ではなかったことに、つまらなそうな表情を浮かべながら返事をした。

「とりあえず、持ち場に戻ろう」

気を取り直して名取さんと一緒に自分の持ち場へ戻ろうとした時……。

「真壁さん、ちょっといいかな」

課長に呼び止められてしまう。

名取さんはなにかを疑うように私たちの方をしばらくジーッと見ていたが、課長に『持ち場に戻ってね』という意味を込めて笑顔で「名取さん」と呼ばれ、逃げるように去っていった。

バックヤードに入ると、すぐ横の資材置き場になっている部屋に押し込まれるように入った。

「ちょっと、なんですか？」

なにも言わずにいきなり押し込まれて抗議すると、一馬がゆっくりと私に近づく。

あれよあれよという間に私は壁に押しつけられ、一馬の腕が壁につく。

もしかしてこれが噂《うわさ》の〝壁ドン〟ってやつ？とドキドキするも、一馬の機嫌は決していいとは言いがたい。

「俺が来なかったら、お見合いしようとしただろう？」

鋭い目で睨まれ、しかも売り場では決して聞くことのない低い声に、ヘビに睨まれたカエルのような気分だ。

「へ？」

否定しようと思ったが、とっさに言葉が出ない。

「堤様のルックスからすれば、ご子息は写真なんか見なくたって男前だってことぐらい誰でもわかるわ」

うっ……正論すぎて反論できない。

「でも、会うつもりはありませんでした。ただ、どうやって断ろうか悩んでいただけです。ていうか課長こそ、あんな嘘をついてどうするんですか？　冗談を言っていい相手と悪い相手ってのがある――」

「嘘なんか言ってねーよ」

一馬は私の声を遮るように声を荒げた。

なに言ってんの、この人。本気なの？

「わ、私はそんな約束した覚えはない」

『将来を約束』って、結婚のことでしょ？　でも、私と一馬の間でそんな約束はしてないし、『結婚』という言葉すら出たこともない。そもそも、そこまでの付き合いなんかしてないじゃない。チューだって、頬にされただけだし……。

「はぁ。お前……バカ？」

一馬は片方の眉毛と口角を上げ、呆れ顔で今もなお壁ドン中。

「ば……か？」

あまりの言われように一瞬、思考が停止する。

「名前のまんま〝恋が実るように〟っていえば、イコール結婚じゃねーの？」

一馬の顔がグーッと近づき、あと数センチで唇が触れそうなところまで迫ってきた。

え？　え？　ちょ、ちょっと、なんでこんな近距離で話すの？

「えっ、恋愛じゃないの？」

心臓をバクバクさせながらもなにか返したほうがいいと思った私は、視線を思いっきり外しながら聞いてみる。

「恋人同士になっても別れたら、恋は実ったことにはならねーじゃん」

「それなら、結婚したところで離婚してしまったら、それも実らなかったってことになるんじゃ……」

「安心しろ。離婚は絶対しない」

一馬はすごいドヤ顔で断言した。

でもなんか、この会話、おかしくない!?　将来がどうのこうのと普通に言ってるけど、それ以前に……。

「私はいろんなことをすっ飛ばして結婚とか考えられません」

私の意見を無視するかのように勝手に話を進める一馬に苛立っていた。

「なにが」

『この期に及んで、まだ文句でもあるの？』とでも言いたげに軽く睨む一馬を、私も睨み返す。

「ほっぺにチューしたくらいで結婚とか言わないでって言ってんの！」

その瞬間、一馬の口角がグーッと上がる。

「ふ～ん。確かにそうだね。だったら……もう先へ突き進むしかねーな」

「え？　あっ……んんっ」

それは本当に〝瞬時〟という言葉がぴったりだった。私の唇と一馬の唇が重なり合う。

ほっぺにチューの時の感覚とは、まったくの別物だった。

『キスはレモンの味』だとマンガで読んだことがあるけれど、これのどこがレモンなの？

想像していた爽やかさとは程遠い、むしろ一馬の唇の感触や息遣いが生々しくて、恐ろしいほど心臓がバクバクしてくる。力が入らなくなり、とっさに一馬のスーツの袖を掴んだ。

唇が離れ、よろけながらも一馬との距離をなんとか取り、心を落ち着かせようとする。しかし、体から飛び出しそうなほどの鼓動と上気した顔で、私はしばらく声を発することもできなかった。さっきまで重なり合っていた自分の唇に人差し指と中指で触れ、ほんの数十秒前の出来事を再び思い出し、ゆでダコのように真っ赤になる。

すると一馬は再び私に近寄り、私の目線に合わせるように腰を少しかがめて満足そうにニヤリと笑った。

「お前の初めては俺が全部いただくからな。とりあえず、キスごちそうさま。落ち着くまでみんなには俺から適当に話しておくから、そんな火照《ほて》った顔で店頭に立つなよ」

そう言って、私の頭を撫でた。そして何事もなかったように資材置き場を後にした。

資材置き場に取り残された私は、腰が砕けたかのようにその場にズルズルと座り込む。

「私……キスしちゃった」

ぼそっとつぶやいた『キス』という言葉にまたも反応してドキドキする。ついでに一馬が唇を離した時に発した言葉までよみがえり、さらに鼓動が速くなった。

私の初めてを全部いただくって……次はいったいなにをする気なの？　ていうか、なんで初キスが資材置き場なの？　もっといろいろあったじゃない。デート中とか、どちらかの家だとか……。そもそも、キスって仕事中にするものなの？

そんなふうに思いの丈をぶつけたい気持ちはあったけど、一馬は既におらず、ただ悶々《もんもん》とするだけだった。

しばらくして、やっと落ち着いた私が売り場に戻ると、名取さんが駆け寄ってきた。

「真壁さん、大丈夫ですか？」

「え？　あっ、うん……ごめんね」

「全然いいですよ。それにしても、売り場でじゃなくてよかったですよね〜。私だったら、もう一生売り場に立てない」

名取さんが同情の眼差しを向けるが、なにか違和感を感じる。

ちょっと、どういうこと？　なんで一生売り場に立てなくなるようなことになってるのよ。一馬はどんな適当なことを名取さんたちに吹き込んだのだろう。

「あははは……。ごめんごめん」

なにが『ごめん』だか自分でもわからないが、ここは笑って話を流した。

「いいですよ〜。どうせ平日のこの時間は暇なんで。でも、よく出るんですか？」

「出る？」

「だから〜、鼻血ですよ〜」

「鼻血⁉」

ちょっと、一馬は名取さんたちに私が鼻血を出したって言ったの？　超が付くほど適当じゃないの。

「あれ？　鼻血だったんですよね？　土屋課長が『仕事を頼もうとしたら、真壁さん、鼻血が出ちゃったから、落ち着くまで休ませてる』って言ってましたけど、違うんですか？」

名取さんは一馬の話し方を真似しながら私の顔をマジマジと見つめた。

「いや、本当。もうびっくりしたよ。名取さんの言うように、店内じゃなくてよかったわ」

仕方なく鼻に手を当て、〝鼻血出てましたアピール〟をした。

まったく、他の理由はなかったの？

自分が鼻血を出している姿を想像したら、なんだか悲しくなってきた。すると……。

「あっ！」

急に名取さんが大きな声を出した。

「な、なに？　声が大きいわよ」

「すみません。言い忘れたことがあって〜。あ〜、思い出してよかった。実は──」

名取さんからの伝言は、私たちの元上司である西村課長からだった。

先日ご来店くださったお客様の欲しい商品がちょうど在庫切れで客注扱いになっていたのだが、このお客様はもともと外商のお客様で、その担当が西村課長だった。今からこのお客様のところに別の商品をお届けにあがるのだが、もしお取り寄せの商品が届いているのなら一緒に持っていきたいとのこと。

偶然にも商品は午前中に届いており、これから発送の準備をしようと思っていたので、梱包《こんぽう》の手間が省け、私的にはラッキーだった。

西村課長に電話をすると、三十分後に会社を出るというので、私は早速、外商三課まで商品を届けることにした。

「え〜と、外商三課は……」

大越デパートの最上階に到着し、総務部や経理部などが並ぶフロアを歩く。このフロアは部課ごとに仕切られておらず、天井にぶら下がっているプレートに課名が記されているだけだ。

【外商三課】と書かれたプレートを見つけ、そのまま視線を下ろすと、すぐに西村課長を発見した。お客様のところへ行く準備をしているのだろうか、せわしなく動いている。課長といえど、異動して間もないのでなんだか大変そうだ。

「西村課長」

西村課長の背後に立ち、体を右に倒しながら名前を呼ぶ。

「ん？　ああ、真壁」

腰をかがめた状態で私の方を向いた西村課長が笑顔を見せる。

「ご無沙汰《ぶさた》してます。これ、金子《かねこ》様がご注文されていた商品です」

「おお、助かったよ」

品物を差し出すと、西村課長は満面の笑みを浮かべて受け取った。

無事に役目を終え、「失礼します」とそのまま帰ろうとすると……。

「僕も今から駐車場に向かうから、途中まで一緒に行こう」と、西村課長。

「あ、はい」

私たちは一緒にエレベーターへ向かった。

エレベーターホールにつくと、運悪く扉が閉まったばかりだった。

西村課長はたくさんの紙袋を足元に置き、大きく伸びをした。

「忙しいですか？」

私は間を持たせるために、ありきたりな質問をした。

「まあね。売り場にいた時とはやっぱり違うよ。客単も高いし、扱うものもスケールが違うから、驚くことも少なくない。だけどそんな顔はできないからね、驚きは笑顔で隠してるよ。ま、そのうち慣れるはず。それに、やりがいはあるから楽しいぞ」

うれしそうに話す西村課長は、明らかに私たちの部署にいた時より生き生きしている。

私もこんなふうにやりがいを持って仕事をしてみたい。仕事は、どちらかというと生きていくため。そこに楽しいという要素が私の中にあるかというと、全体の一割程度のような気がする。

だから、『やりがいはある』と言い切れる西村課長はなんだかキラキラ輝いていて、まぶしいぐらいだ。

ようやくエレベーターが一階に着き、上りになった時だった。

「ところで、土屋課長はどう?」

急に思い出したかのように、西村課長はいきなり質問してきた。

「か、課長ですか?」

『土屋』と聞いただけでさっきのキスを思い出し、心臓がバクバクしだす。

なんて言えばいいの? 仕事はできて、顔もいい、だけど場所もわきまえずいきなりキスをする男だって? いやいや、言えるわけないし!

「真壁、どうした。顔が赤いぞ?」

え? や、やだ、私ったら……。動揺しすぎてしまった。

「ここが暑いせいですかね?」

思わず手をパタパタさせて、ごまかす。

「そうか?」

西村課長は首を傾げる。

はい、別に暑くないです。熱いのは私の顔です。

そう心の中でつぶやいた。なんとか落ち着こうと、私は制服のポケットからハンカチを取り出すと口に当てる。そして、西村課長にわからないように小さく深呼吸をして気持ちを切り替え、一馬の様子を伝える。

「海外にいたからなのかはわかりませんが、無駄がないですね。ごちゃごちゃと理屈を立てて言わない分、みんなも素直に従っています。部下への指示も的確ですし、誰をどう使えば一番いいのかをわかってらっしゃるんですよね。あとはまあ、あのルックスですから、なんとなくですが売り場が活気づいていますよ。特に女子は」

お世辞ではない。実際のところ、一馬がうちの課に来てから売上も伸びているし、人を上手に使っているのはよくわかった。

だから、仕事に関しては言うことはない。ただ、私に関しては職権乱用だと思う。

もちろん、それは伏せておくけれど。

「そうなんだよな〜、土屋はそういうところを買われて海外赴任になったんだよな。あの時は相当嫌がってたけど」

西村課長は土屋課長のことをよく知っているようで、思い出し笑いをしていた。

それなら、もっといろんなことを聞けば答えてくれるかも知れない。

そう思っていたところで、チーンという音と共にエレベーターの扉が開いた。たくさんの人がエレベーターから降り、続いて、待っていた人たちが乗り込む。

私と西村課長が最後に乗ると、ゆっくりと扉が閉まった。

「真壁は四階だな」

「はい」

西村課長は自分が降りる地下一階と四階のボタンを押した。

「ありがとうございます」

エレベーターが八階で止まって三人降り、六階でふたり降りると、私と西村課長だけになる。

「あのさ……土屋課長だけど、ちょっと強引なところがあって君も今は戸惑っているかもしれないけどさ。やっと願いが叶ったんだ。大目に見てやってよ」

西村課長はなにかを思い出すかのように顎に手を当て、うなずいた。

「え?」

『やっと願いが叶った』って、どういうこと? そんなに紳士服売り場で働きたかったの?

西村課長の言っている意味が理解できず、もっと詳しく聞こうとしたけれど……。

——チーン。

エレベーターが四階で止まった。

後ろ髪を引かれる思いで降りる。

「あ、そうだ。真壁、土屋に『がっつくなよ』って伝えておいてくれ」

西村課長が含み笑いを浮かべる。

「がっつくな？」

「そう。そう言えばわかるはずだから」

むしろ私にはますますわからない。

しかしエレベーターの扉がゆっくりと閉まり、結局、なにに『がっつくな』なのかを問えずじまいだった。

腑《ふ》に落ちないながらも、売り場へ戻ろうと従業員用の出入り口に立つ。

「いらっしゃいませ」と一礼して売り場に出ると、ちょうど目の前に土屋課長がいた。

ニヤリと笑いながら人差し指を自分の鼻にツンツンと当てている。

もしかして、『鼻血は大丈夫なのか？』ってこと？　ていうか、鼻血じゃないし、キスだし……。自分が一番よく知ってるくせに。

課長に振り回されているのがすごく嫌で、口をほんの少し尖らせる。

するとすれ違いざまに「そんな口してると、もう一度するぞ」と耳元で囁かれる。

あ～、なんかムカつく！

そう苛立ったのも束の間、西村課長からの伝言があったことを思い出した。

「課長」

「なに？　真壁さん」

語尾が上がっている。

きっとまた私をいじめて楽しもうと思ってんでしょ。でも、そうなるとは限らないもんね。

「先ほど前任の西村課長に会ったんですが、伝言をお預かりしています」

「伝言？」

「はい。『がっつくなよ』だそうです」

その瞬間、課長の顔がカーッと赤くなった。

え？　なんで今ので顔が赤くなるの？

すると課長は口に手を当てながら、「ったく、あの人は」と視線を泳がせた。

なになに？　なにか西村課長に秘密でも握られてるの？

「課長、どうかしましたか？」

「な、なんでもない。……ありがとう」

そう言うと、課長はそそくさと事務所へと入っていった。

『がっつく』って、なんのことなんだろう。でも、さっきの顔……。あんな真っ赤になった顔、初めて見たかも。意外とかわいいな。

とはいえ、どうせ私が本人に問い詰めたところで正直に話すわけがない。

これは西村課長に聞くしかない。今度また外商に行く用事があったら絶対に教えてもらおう。一馬の顔を赤くさせた『がっつく』理由を！　それに、いつまでもいじめられるばかりじゃいられないもんね。

「いらっしゃいませ！」

一馬の弱みらしきものを知った私は、従業員用の出入り口前で元気よく挨拶をした。

ズキュンにドキュン

会社でキスされてから、五日が経った。

一馬とは相変わらずメールや電話のやり取りのみで、会うのは会社のみだった。

仕事が休みの今日、いつもより長くベッドの中でまったりしていると、突然、スマホの着信音が鳴り響いた。画面を確認すると、相手は一馬だった。

こんな時間に電話がかかってくることなど初めてで、何事かと一気に緊張が走る。

ベッドから飛び起きるとなぜか正座し、一度深呼吸をしながらスマホをタップした。

「もしもし?」

《もしもし、俺。今、家だよね?》

恐らく会社にいるのだろうけど、電話越しの声はかなりくだけた口調だった。

「うん、家だけど……」

《じゃあ、あと十分で着くから、出かける準備しておいて》

「はあ?　十分?」

《そう、十分。着いたらワンコール鳴らすから。じゃあ、後で》

――ブチッ。

用件だけ言うと、一方的に電話が切られた。

スマホの画面を見つめながら、呆然《ぼうぜん》とする。

ちょ、ちょっと待って。出かけるって、もしかしてデートってやつ？

普通、彼氏ができたら休みにデートをするのだろうが、私たちは付き合って三週間にもなるけれど、まだ一度もデートをしたことがない。

というのも、若くして課長になった一馬には定時退社という概念は皆無に近く、仕事が終われば帰るという生活だ。休みの日も緊急の電話が入り、電話では済まないことがあれば休日だろうが会社へ行くこともあり、それなりに大変みたいだ。だから休みもシフトどおりにならないことがよくあるようで、『今度の休みに出かけよう！』みたいな約束もできなかった。

それにしても、初デートなのに十分で用意しろとか、あり？

私は飛び起きると、まず洗面所に行って歯磨きをしながら、クローゼットの扉を勢いよく開けた。その瞬間、思わずため息が出る。

デパート勤めで人にはオシャレなものを勧めておきながら、私自身はオシャレに無頓着。今日初めてそのことを後悔した。

こんなことなら、お出かけ用のかわいい服の一着、二着は用意しておくべきだった。

でも、私に許された時間は残りわずか。今ある服から選ぶしかない。

白いシャツの上にざっくりした大きめセーターを着て、カーキのロングスカートを合わせる。

本当はジーパンにしたかったけれど……一応デートだもんね。

そしてバッグに財布やら携帯、ハンカチなどを詰め込むと、鏡の前で必死にメイクをしていく。

まもなくスマホに一馬からワンコールがあった。

信じられない。時間ぴったりすぎるでしょー！

もっとメイクをしたいという気持ちを抑え、最後にナチュラル系の口紅を塗る。

マンションを出ると、黒のスポーツカーが停まっており、運転席に一馬の姿が見えた。

私に気づくと、ジェスチャーで『乗って』と促す。

私は車に近寄り、助手席のドアを開けた。

「おはようございます」

平日の昼間から会うなんて初めてで妙に緊張してしまい、つい敬語になってしまう。

「おはよう」

一馬は私を見るなり一瞬目を見開くが、なにか言うわけでもなく挨拶だけすると、車を発進させた。

やっぱりこんな服装じゃダメだったかな。

一馬の服装は、厚手のTシャツにニットパーカーとジーンズ。普段のスーツ姿もカッコいいが、カジュアルな格好もサマになっている。足が長くてすらっとしているから、なんでも似合うのだ。

そんな人と私が昼間から一緒に歩いたりなんかしたら、あまりのアンバランスさに視線を浴びるんじゃないかと不安になる。ところが……。

「その服、似合うじゃん」

一馬が運転しながら、私の服を褒めた。

さっきはなにも言われなかったから変かなって思っていたから、安心すると共にうれしかった。

「そう……かな……」

ここは『ありがとう』と言うべきなんだろうけれど、素直になれない。

だけど一馬は、会社では見せることのない笑顔で「うん。かわいいよ」とさらりと続けた。

小さい時ならともかく、二十歳をすぎてからは『かわいい』だなんて一度も言われたことがない私は耳まで赤面してしまい、その顔を見られたくなくて横を向いた。

「ねえ、今からどこに行くの？」

ようやく顔の赤みも引いたところで、気になっていることを聞いてみる。

「ん？　いいところ」

一馬はそれだけ言って、質問には答えてくれなかった。しかしその表情はとても楽しそうに微笑んでいた。


車は高速に入り、一時間ほどで目的地に着いた。

そこは、小高い場所にある小さな公園だった。

駐車場も十台ほどしか停められていないから、地元の人がたまに利用しているようなところなのだろう。決して観光地ではない。

一馬が笑顔で『いいところ』だなんて言うから、私はてっきり水族館とか遊園地とか映画とか、わかりやすいデートスポットをイメージしていた。ちょっと拍子抜《ひょうしぬ》けしてしまう。

だけど一馬は車を降りると「ん～っ」と大きく背伸びをして、とびきりうれしそうな顔をした。

「恋実」

私の名を呼びながら、一馬が手を差し出す。

「なに？」

手を差し出された意図がわからず首を傾げると、一馬は小さくため息をついた。

「この手はこうするためなんだけど」

そう言って、私の手を握った。

「え!?」

その瞬間、全神経が手に集中する。男の人と手を繋《つな》ぐなんて、小学校の運動会で踊《おど》ったフォークダンス以来だ。

緊張で、手に汗をかきそう。どうしよう、力加減がわかんない。もうドキドキして仕方がないんですけど！

思わず視線が繋がれた手にいく。

そんな私を見て、一馬も「ごめん、そんなに緊張しないで。俺のほうが照れちゃうからさ」と言いながら、私より半歩前を歩きだした。

一馬の耳がなんだか赤くなっているように見えて、ズキュンとする。

しばらく歩くと、公園の真ん中に大きなジャングルジムが見えた。

「大きい〜」

小さな公園のわりにジャングルジムだけがすごく大きくて、思わず声を上げる。

すると一馬は足を止め、私の手を離した。

「このジャングルジムのてっぺんまで登るよ」

「え？　これを登るの？」

「そう！」

一馬がニカッと笑う。

なんで高速を使ってまで小さな公園に来て、挙げ句にジャングルジムに登らなきゃいけないの？

本当にこれがデートなのかと疑ってしまう。

しかし一馬は、私が驚いているのをよそにジャングルジムに手をかけ、足の長さを生かして一段飛ばしでささっと登ると、あっという間にてっぺんまで到着した。そして私を見下ろし、手招きをする。

「お〜い。早く登ってこいよ」

そう促され、私はしぶしぶ登り始めた。

小さい時はいとも簡単に登っていたものが、今では足取りがおぼつかない。やっとの思いで登りきる。

「遅ーい」

一馬はそう言いながらも、自分の座っている隣の鉄の棒にタオルハンカチをかけてくれていた。お尻が痛くならないように、という配慮だろう。

そのさりげない優しさに、思わず胸がドキュンとする。

ここへ来るまでの間、初めての体験のオンパレードについていくのに必死で、まったく余裕がない。やはり素直に『ありがとう』とすら言えない。

これが名取さんだったら『ありがとう』の大安売りをするぐらい言うんだろうな。

「え……！」

一馬の隣に座り、正面を見た瞬間、私は言葉を失った。

目の前には、日射しを受けた水面がキラキラと輝く港が広がっている。

「な、すごいだろう。今日は天気がいいから向こうの島まで見えるね」

私の驚く顔に、一馬はご機嫌な様子だ。

私は身を乗り出すように目の前の景色に見惚れる。言葉が出てこなかった。

「近くで海を見るのもいいけど、ここからだと遠くまで一望できるんだ。夜景のほうがもっとよくてね、灯台の灯りとか、漁船のライトさえイルミネーションのように見えるんだよ。本当はそれを見せたかったんだけど、それはまた今度な」

その光景を思い出すように語る一馬の横顔はなんだかキラキラして見えた。

「……うん。でも、なんでこんな場所を知ってるの？」

「ああ、昔、この町に住んでたんだ」

「……そうなんだ」

ここが一馬の育った町なんだ。海だけでなく後ろには山も控えて、自然がいっぱいの素敵な町だな。一馬はここでどんな生活してたんだろう。……ていうか私、一馬のことを知らなすぎ。

「この公園は地元の隠れたデートスポットなんだよ。俺が中学の時、公園の前の道が通学路でさ、公園を横切ったほうが近道だからよくここを通ってたんだ。それで、暗くなるとカップルがこうやってジャングルジムのてっぺんに登って、手を繋いで肩寄せ合って夜景を見ているのを何度か目撃してさ。純粋に自分もやってみたいって思ってた。それで今日、念願が叶ったんだ」

一馬は前を向いたまま、照れくさそうに話してくれた。

でも、こんなカッコいい人に今まで一緒に夜景を見る相手がいなかったなんて、誰が信じると思う？　別に彼女がいたっておかしくないくらいカッコいいんだから、正直に言えばいいのに……。

そう思うと、なんだか面白くない。

「初めてなんて嘘よ」

またもムードをぶち壊すようなことを言ってしまった。

「いや、本当だって」

「じゃあ、誰とも付き合ったことがないの？」

「……そりゃ、あるけど」

「ほら、だったら――」

「確かに彼女はいたよ。過去にね。でも、自分が好きで付き合った彼女はいない。いつも向こうから告白されてってパターンばかりだったから」

私の追及に諦めた一馬は、しぶしぶ答えた。

「その子たちとは来なかったの？」

「ここに登るのは、自分が本心から好きだと思える子と一緒にって決めてたんだ」

え？　それって……私のこと？　そういえば、さっきは『念願が叶った』と言ってたよね。本当にそうなの？

「そ、そうなんだ……」

あれ？　やだ、どうしよう。すごくドキドキしてる。

「『そうなんだ』って……その相手が恋実だってわかってる？」

一馬に顔を覗《のぞ》き込まれ、さらにドキドキが加速する。

「本当にそうなの？」

「嘘なんかついてどうすんの。そうじゃなかったら、恋実をここに連れてきやしなかったって」

一馬ははにかみながら私の右手を握ると、自分の膝の上に乗せた。

私はこういう恋人らしいことにいまだ慣れておらず、どう答えてよいのやら悩んでいたが、一馬が私の返事を待つことはなかった。ただうれしそうに景色を眺めている。

不思議なことに、あんなにドキドキしていたのに、一馬に手を握られているうちに私も安らぎを感じ始めていた。

「恋実？」

しばらく景色を眺めていると、ふいに名前を呼ばれた。

「なに？」

一馬の方を見て返事をすると、一馬は目を細めて微笑んだ。

「今度は一緒に夜景を見ような」

「うん」

私はなんのためらいもなく即答した。すると一馬がすごくうれしそうに微笑むから、私の鼓動は再び速度を上げた。

それから、一馬は「そろそろ降りよっか」と先にジャングルジムを降りた。

私もその後を追うが、ジャングルジムは登るよりも降りるほうが神経を使う。

「恋実、大丈夫か？　慌てなくていいからゆっくり降りろ」

「うん。大丈夫」

下を見ながらゆっくりと降りて、あともう一段というところで油断してしまった。足をかけたつもりが踏み外してしまう。

ヤバい、落ちる！

そう思った時だった。一馬がすんでのところで私を抱きかかえてくれた。

おかげでケガもなく無事だったが、一馬は私を抱きしめたまま離そうとしない。

「一馬？　ありがとう」

お礼を言うと、一馬が大きく息を吐いた。

「マジでビビった〜」

一馬の鼓動がドクドクと私にも伝わった。本当に心配してくれていたことに、なんだか胸が熱くなる。

「心配かけてごめんなさい」

顔を上げると、一馬と目が合う。すると一馬の顔がほんのりと赤くなっていた。

「一馬？　どう――」

『どうしたの？』と聞こうとしたが、一馬に唇を塞がれて言えなかった。

二回目のキスは、一回目の時のような荒々しいキスとは違い、触れるだけの優しいキスだった。

唇が離れると、一馬はほんの少し顔を赤らめた。そして私の頭をぐしゃぐしゃっとすると、「キスで許してやるよ」と言って照れくさそうに車の方へ歩いていく。

しばらくして我に返った私の顔はもちろん真っ赤で、一馬から車に乗るように催促されるまで、その場から動けなかった。

それから私たちは、漁港近くの食堂でおいしい海鮮丼を食べることになった。

「この海鮮丼、すごいボリュームだね」

マグロをはじめ、イカやエビ、サーモンにホタテ。さらには、イクラやウニがてんこ盛りだ。

「だろ？　この辺にはこういったお店が多いけど、ここが俺のイチオシ」

一馬は自信たっぷりな表情で言うと、割り箸を割った。

私もつられるように割る。そして手を合わせ、「いただきます」とふたりの声が自然と重なった。

「う〜、どこから食べよう」

なにから手をつけようか迷う私を横目に、一馬は豪快に食べ始める。

おいしそうに海鮮丼を食べる一馬に自然と笑顔になった。だが視線が唇に移った時、公園でのキスを思い出してしまった。

「……ん？　どうした。口に合わない？」

私の視線に気づいた一馬が、少し不安げに聞いてきた。

「あ、ううん。すごくおいしいよ」

「それならよかった」

私がニコッと笑顔を返すと、一馬はホッとしたようにまた食べ始めた。

でも、どうしても一馬の唇に目がいってしまう。

ダメダメ。私ったらひとりでドキドキしてる。でも、仕方ないじゃない。ちょっと前まで男の人と付き合うなんて想像もしてなかったし、ましてや自分がキスするなんてありえないと思ってたんだもの。

ひとりでモヤモヤしている私を、一馬は一度、黙って見ると、ニヤリと笑った。

もしかして、唇をガン見してたのバレちゃった!?

焦った私は、動揺をごまかすように一心不乱に海鮮丼を食べた。

「ごちそうさまでした。でも、本当にいいの？」

会計の時に財布を出したが、一馬が払うと言ってくれた。でも、やはり気が引ける。

「いいんだよ。初デートなんだから、素直におごられなさい」

そう言って、一馬は車に乗り込む。

「あ、ありがとう」

慌ててお礼を言うと、私も車の助手席に乗った。

男の人からこんな扱いをされたことがないから、なんだか落ち着かない。そんな気持ちが顔に出ていたのだろう。

「ねえ……楽しい？」

一馬がぼそっとつぶやいた。

シートベルトを差し込み口に入れようとしている手が止まる。顔を運転席の方に向けると、一馬はハンドルにかけた手の上に頭を乗せ、ほんの少し寂しそうな眼差しを向けていた。

「た、楽しいよ。だって……男の人とふたりでドライブとか初めてだったし、さっきの海鮮丼もすごくおいしかったし……」

本当のことを言うと、緊張の連続だった。だって私にとっては初めてのことばかりで、しかも二回目のキスもしてしまった。でも、そんなことを正直に言うのは恥ずかしくて、言葉をのみ込む。

だけど、一馬の表情は変わらない。

なにか気分を害するようなことしたのかな？と不安になっていると……。

「本当はさ、初デートなら映画とかなんだろうけど、どうしてもあの公園に、好きになった人と行きたかったんだ。でも俺だけがひとりではしゃいでるのかなって……」

一馬はため息交じりに言いながら、車のシートにもたれて天井を見上げた。

「えっ、それは……」

『違う。そうじゃない』と否定したいのに、どうしても一馬のように思ったことを口には出せなかった。

「いいんだ。もともと俺が付き合おうと言いだしたんだし、そんなにスムーズにいくとは思っていない。だから、今日は俺のことをもっと知ってほしいなって思ったんだ。俺が住んでた町や俺のことをね。でも、警戒心とまではいかないけど、恋実はなかなか心を開いてくれないというか……正直、ちょっとヘコむ」

一馬は寂しげな表情で視線を落とす。

嘘！　あんなに強引だったのに実はヘコんでいただなんて予想外だった……。私、そんなにキョドってたかな。確かに心を開いてはいないかもしれない。だって、正直なところ、今も信じられないんだもん。なんで私なの？　私のどこがいいの？って。

「ねえ、どうして私と付き合おうと思ったの？」

私は一馬の方を向き、ずっと心の中にくすぶっていた疑問を思いきって投げかけた。ずっとずっと知りたかった。お互いのことをなにも知らないし、引き留めてまで一緒に飲みに行きたくなるほど私に魅力なんかないのに。それに、初対面でいきなり『付き合おう』だなんて、きっと魂胆があるとしか思えない。

それに私は恋愛に対してとても消極的だし、一緒にいても自分から話題を出すようなタイプでもない。言わば〝つまらない女〟なのに、なんでこんな私と付き合いたいと思ったのか、さっぱりわからない。

「え、今さらその質問？　俺の気持ちがまったく伝わってない？」

一馬の肩がかくっと落ちた。

「だって、付き合うきっかけは私の名前に興味を持ったからでしょ？　それに私、今まで恋愛なんてしたことないから、すべてが初めてで、ドキドキのほうが優先して気持ちが追いついていかないの。一馬のことは嫌いじゃないし、一緒にいて楽しいけど、自分でもどうしたらいいのか……」

これが正直な気持ちだった。

初めて会ったその日にいきなり恋人になったんだもん。恋愛初心者じゃなくても戸惑う。

でも、言った後に少し後悔した。もしかしたら失礼な言い方をしたかもしれない。

一馬がどんな顔をして私の話を聞いていたのかを見るのが怖くて下を向いてると、

「ふ〜っ」と聞こえるくらい大きく息を吐く音が聞こえた。

きっと呆れてるんだろうな。私もちょっとヘコみそう……。

「あのさ、付き合うきっかけが名前からっていうのは違うって言ったら？」

「え？」

驚きと共に顔を上げて、一馬を見る。

「もし俺が、前から恋実のことを知ってたって言ったら驚く?」

「え? だ、だって、あの時が初めてだったはず。こんなイケメンと知り合いだった記憶はないもん。誰かと勘違いしてるんじゃ……」

しかし一馬は首を横に振ると、私の右手をそっと握った。

「俺は……知ってた。あの時から俺はずっと君に片思いをしていたんだ」

そう言うと、一馬は握った手をゆっくりと自分の口元へ持っていった。そっと私の手の甲に唇を当てる。そして私にニコッと微笑みかけると、その手を一度離してギアを入れ、車を発進させた。

続いて、一馬は私の知らない〝私との出会い〟を話し始めた——。

第三章　五年越しの片思い～side一馬～

君の名は……

――恋実と初めて出会ったのは、就職活動真《ま》っ只中《ただなか》のころだった。

大越デパートでの面接試験を控えたある日、偵察のため大越デパートへ行った。

た。

平日の十四時ということもあり、店内は主婦と思わしき女性客が八割方を占めてい
た。

一階の化粧品売り場の独特な匂いから逃げるように、エスカレーターで婦人小物売り場と高級ブランドショップが並ぶ二階へ向かう。しかし、ここも女性客が占めており、居心地の悪さを感じた俺は、婦人服売り場である三階もスルーして四階へと移動した。

【紳士服売り場】と書かれた看板を見て、なぜかホッとする。俺はとりあえず四階をぐるっと回ることにした。

すれ違いざまに「いらっしゃいませ」と声をかけられ、最初はなんだか照れくさかったが、それも慣れだしたころ……。

紳士小物の売り場で楽しそうに会話をしている女性店員と男性客に目がいった。親

しげな様子がちょっと気になって、遠巻きにふたりの様子を見る。

店員は何度もうなずいた後、すぐさまいくつかのネクタイをチョイスして客の前に出した。

歳は俺より上？　下ってことは……ないか。妙な落ち着きがあるもんな。

客のほうからも、その店員を信頼しきっている様子が伝わってきた。

客はそのネクタイを首に当てて、とても満足そうな顔を浮かべている。

店員もとびきりの笑顔を向けていて、接客をとても楽しんでいるようだった。

最終的に、客は店員がチョイスした中から二本のネクタイを選んで、店員に渡した。

「選ぶの早っ」

でも、それは不思議なことではなかった。彼女の選んだものはその客にとても似合っていたからだ。

会計が終わったようで、店員が客を見送ろうと一礼する。すると、客はなにやら色紙のようなものを取り出した。

気になってちょっとだけ近づくと、それは色紙ではなく、写真だった。

「林田《はやしだ》様。申し訳ございません、お気持ちはありがたいのですが、こういったことはすべてお断りさせていただいております」

深々と頭を下げるが、林田という男は引き下がる気配がない。

「いや、君みたいな人がうちの息子の嫁になってくれるとありがたい。親の私が言うのもなんだが、顔はそう悪くない」

どうしても見合いをさせたいようで、店員が困っていることなど気にもしていない様子。

店員も、相手が客ということもあってピシャリと断れない雰囲気だった。

そんなふたりのやり取りを見ていたら、体が勝手に動いていた。店員の前で止まると、俺は「すみません。ネクタイを選んでくれませんか」と声をかけた。

それが恋実だった。

恋実はパッと顔を上げると、一瞬だけホッとしたような表情を俺に向けた。すぐさま林田という男に対して、「申し訳ございません。先ほども申し上げましたとおり、こういったお話はお断りしておりますので……」と再び断りを入れた。

「わかったよ。仕事中に悪かったね。でも、もし気が変わったら教えてくれ」

すると、その男は近くに俺がいるというのもあり、今度はあっさりと引き下がった。

俺をチラリと見た後、そのままエスカレーターを降りていった。

姿が見えなくなると、恋実は小さく安堵《あんど》のため息をついた。そして、俺を見て頭を下げた。

「助けてくださってありがとうございます」

「いいよ。それより、さっきみたいなことはよくあるの？」

「時々……。なんででしょうね。他にかわいい子はたくさんいるのに、なぜか私にだけこういう話がくるんですすよ。やっぱり地味で幸薄そうな顔をしているからなんでしょうかね」

恋実は諦めたような表情を浮かべた。

いやいや、これのどこが『地味で幸薄そうな顔をしている』というのだ。肌はキレイで、二重のはっきりした目元に、ふっくらとして女性らしい唇。確かにメイクに華やかさはないが、〝美人〟以外の言葉は見当たらない。

もしかして無自覚？　それなら、彼女を好きになった男は大変だろうな。どんだけキレイだと伝えても、本人は否定するんだろう。

だから、今『そんなことはない。君はかなりキレイだよ』と俺が言ったところで素直に受け取らないと思い、敢えてなにも言わなかった。

「あっ、すみません。お客様にこんな話をして」

恋実はほんのりと頬を染めながら深々と頭を下げた。

たぶん同じぐらいの年齢だと思うが、俺の周りにはいないピュアな感じがとても新鮮に思えた。だから、恋実に少し興味をもった。

偵察が目的で本当はなにも買わないつもりだったけれど、俺は恋実の接客が見てみたいと思った。

「じゃあさ、ネクタイを選んでくれない？」

「ネクタイですか？」

「そう。リクルートスーツに合うネクタイを選んでもらえないかな？　実はネクタイとか自分で買ったことなくて、よくわからないんだ」

すると恋実は「少々お待ちください」と言いながら、瞬時に何本かのネクタイを自分の腕にかけ始めた。

さっきまでの困ったような表情からは想像できないほど真剣に商品と向き合う姿に目を奪われる。しかも動きには無駄がない。

「お待たせいたしました」

恋実はあっという間に、ガラスのショーケースの上に五～六本のネクタイを並べた。

「リクルートスーツに合うものは、こちらに並べましたような水玉……ドット柄やこのようなストライプがおすすめです。お色に関しては、青系や赤……ワインレッドのような落ち着いたものですね。あとは黄色やグレーもおすすめです」

「ふ〜ん、そうなんだ」

でも俺は、はっきり言って今はネクタイの色よりも、なにかのスイッチが入ったように真剣に相手の目を見て接客をする恋実のほうが気になっていた。

「スーツはどのようなお色ですか？」

「濃紺です」と答えると、恋実はすぐにその中から二本のネクタイを差し出した。

「お、お客様のお顔立ちからすると、このブルーのストライプのネクタイか、こちらのワインレッドの細かいドット柄がお似合いになるかと……思います」

俺の横に立ち、ネクタイを首へと持っていく。身長差があるせいで背伸びをしながら一生懸命首元に当てる姿に自然と笑みがこぼれる。

「あの……」

恋実が不思議そうに俺を見た。

「ん？」

「押し売りをするつもりはないのですが、これから就職活動をされるのであれば、今ご紹介した二本をお持ちになっていると便利ですよ」

「なんで？」

すかさず質問する。

「どのような職種をお選びになるかわかりませんが、青はどんな職種でも受けがいい失敗しない色なんです。赤系の場合は、金融機関以外の職種なら積極性をアピールできると思います。職種によって使い分けるためにも、二本あると便利ですよ」

どんなシチュエーションにも対応できる知識を持っていることに感心すると共に、さっきの林田という男が縁談話を持ちかけてくる理由がわかったような気がする。

これだけしっかりと仕事もできて常識のある人が自分の息子の嫁だったら、誇らしいだろうな。しかも美人とくれば、言うことなし。といっても、本人は無自覚だけどね。

「そうなんだ……。わかった。じゃあ、この二本をください」

その途端、恋実の顔がふわっと和らぎ、俺に笑顔を見せてくれた。

それは、純粋に自分のチョイスが客に喜ばれたことへのうれしさなのか、単に『ラッキ〜、売れた』という気持ちが出たのか、わからない。だけど、どちらにせよ俺は、彼女の笑顔に今まで味わったことのない胸のざわつきを覚えた。

支払いを済ませると、恋実は四十五度の角度で頭を下げた。

「ありがとうございました」

……そっか、これで終わりなんだ。

そう思うと、なんだか名残惜しくて、俺はつい声をかけた。

「真壁さん」

「は、はい」

恋実はキョトンとした顔で俺を見る。ネクタイを選んでいた時とは違う、素に近い表情だ。

「よければ、名前を教えてくれませんか？」

別にナンパする気持ちがあって聞いたわけじゃない。もし俺が今日買ったネクタイで面接を受けて、大越デパートに就職できたら、その時に彼女を驚かせたいと思ったからだ。

「な、名前……ですか？」

恋実の顔が少し曇った。

やっぱりナンパと思ったかな。これじゃあ、さっきの見合い話を持ってきたおっさんと変わらない。

「ごめん。嫌ならいいんだ。そうだよね。いきなりじゃ困っちゃうよね」

「ち、違うんです。ただ、聞いたら引かれてしまうかと……」

恋実はすごく恥ずかしそうに下を向いた。

「引かない。引かないよ」

「あの……レミって言います」

どこに引く要素があるのか俺にはさっぱりわからなかった。

「かわいい名前じゃん。真壁レミさんだね」

俺が名前を呼ぶと、恋実は顔を赤らめて小さくうなずいた。

すれ違い

月日が流れ、大越デパートから無事、内定通知書が送られてきた。それを見た途端、恋実の顔を思い出す。

彼女の選んだネクタイをしたから受かったというわけではないが、なんとなくあのネクタイは自分のお守りみたいになっていた。

俺が大越デパートの社員になったと知ったら、どんな顔をするだろう。いや、もしかしたら俺のことなんか忘れてるかもしれない。……だけど、彼女ならネクタイを見たら思い出すかもしれない。

そんなドキドキした気持ちを抱えながら、入社前の三月中旬から新入社員研修が始まった。そこで接客、挨拶、言葉使い、電話対応、包装といった基本的なことを学び、ようやく四月に入社式を迎えた。

大卒者はまず人事部付でいろんな部署を一年かけて回ることになっている。

各部署で働く期間はさまざまで、例えばメーカーから送られてきた商品の受け取りなどを行う検品部に一ヶ月いたかと思えば、急に食品売り場の応援に二週間だけ行かされたり、またお中元やお歳暮など特設会場での承り業務や物産展の手伝いなど、とにかくいろんなことを経験させられる。そして、翌年の四月に正式な部署が決まるのだ。

ほとんどの階を経験すると聞いたので、俺は紳士服売り場のある営業四部に行けることを楽しみに頑張った。

そして九月。俺は念願が叶って、営業四部に行くこととなった。

「土屋、今日はなんかすげえ笑顔だけど、なんかあった？」

社員食堂でカレーを食べていると、同期の織田《おだ》が俺の向かいの席に座った。

「そうか？」

チラリと織田を見て、再び視線をカレーに戻す。

「彼女でもできたとか？」

織田は探るような目で俺を見ながら、自販機で買ったコーヒーを飲んだ。

「いや。全然そんなんじゃないよ。ただ、今までは裏方が多かったから、久しぶりの売り場はどんなもんかなーと思って」

表情を変えず淡々と話す。

織田はあまり興味がなさそうに「ふ〜ん」と言うだけだった。

「な〜。織田って営業四部にもう行った？」

「あ〜、一ヶ月前に二週間くらいだけど。それがどうかした？」

「いや、俺、次が営業四部だから、どんな感じかなーと思って」

さすがに『真壁さんはどう？』とは聞けない。変に勘繰られるのが嫌で、手で口元を隠すようにして話す。

「意外と若い子が多いんだよね〜。もともとデパートって、男女の比率に差があるだろ？　だから、どこの部に行っても割と女子から声かけられるんだよね〜。中には確実に俺に気がある子とかいたしね。そういう意味では楽しいな」

織田はコーヒーをひと口飲みながら、その時のことを思い出すように話した。

「ふ〜ん」

そんな話はどうでもよかった。

「あっ！」

すると、急に織田がなにかを思い出したかのように大きな声を上げた。

「なんだよ」

「そうそう、ネクタイ売り場にさ、すげ〜美人がいるんだよ。確か、真壁さんって名前だったな。短大卒って言ってたから、たぶん俺らと同い年だと思う。その子さ、とにかく美人で俺好みなんだけど、暗いというか変に真面目というか……近寄りがたいんだよね。それで、彼女目当てに来る客がけっこういるらしいんだけど、それがみんなおっさんなんだよね」

織田は身を乗り出すように、やや興奮気味に話す。

「あ、そうなんだ……」

カレーから目を離さず、興味なさげに言葉を返す。

知ってるよ。俺、その現場をこの目で既に見てるし。

「それでさ、このおっさんたちが彼女によく縁談話を持ちかけるんだってさ」

「縁談？」

知らないそぶりを見せて、話の続きを促す。

「自分には妻がいるから無理だけど、息子の嫁だったらってことなんじゃねーの？　とにかくさ、けっこう金持ちとか多いんだって！　だけど、絶対『うん』とは言わないらしい」

「へ〜」

内心、ホッとしている自分がいた。

「やっぱり、あのぐらいの美人だと理想も高いのかな〜」

織田は頬杖をつきながら、ひとりで納得するかのようにうなずいている。

だが恋実は、自分がキレイだなんてこれっぽっちも思っていない。完全無自覚美人なのだ。

俺が会った時と変わらずにいると知って、それだけでなんだかうれしくて、緩みそうになる顔を必死に抑えた。


翌日、営業四部に向かった俺は、恋実の姿がないことに気づいた。

「連、休ですか……」

紳士小物担当の前田《まえだ》主任を前に、俺はがっくりと肩を落とす。

実は今日、会えると思って彼女が選んでくれたワインレッドのネクタイをしてきたのだ。

大越デパートの社員はお盆や正月休みがほとんどないため、繁盛期を除く月に、年に二回大型連休を取ることができる。どうやら俺は運悪く、恋実の連休中に営業四部での研修が始まったようだ。

「そう、出勤は来週から。真壁になにか用事でもあった？」

前田主任は、『お前も真壁目当てか』とでも言いたげな目で俺を見た

「いえ……。同期の織田くんが、真壁さんの接客がいいと言っていたので、間近で見てみたいな、と」

嘘ではない。接客のよさは俺のお墨付きだ。

すると、前田主任は納得するかのようにうなずいた。

「真壁さんは入社してまだ今年で三年目なんだけど、お客様への接客が真面目でいいよ。押しつけ感がないし、しかもお客様に合う物をさっと見つけるんだよね。あれは才能だね」

知っている。俺の時もそうだった。

それにしても、連休中というのは正直ショックだった。でも、仕方がない。まったく会えないわけじゃないのだから、恋実が連休明けで出社する時にはこのネクタイを締めよう。


それから一週間が経ち、いよいよ恋実に会える時が来た。俺は、恋実に選んでもらったネクタイをして、出社した。

俺のことを覚えているだろうか。もし覚えていたら、どんな顔をするだろうか。

気持ちはすっかり覚えていることが前提になっていた。心なしか浮き足立っている。

「おはようございます」

営業四部の事務室に入ると、庶務の島村《しまむら》さんがホウキを持って掃除をしていた。

「おはよう、土屋くんだっけ。今日は早いわね」

島村さんはチリトリの中のゴミをゴミ箱に捨てながら、こっちを見た。

「ちょっと早めに目が覚めて、いつもより一本早い電車に乗ってきたので」

俺が答えると、島村さんは関心なさげに「そうなんだ」と自分のデスクに座った。

俺はロッカーにバッグをしまい、名札をつけると売り場へ向かう。

店内はまだ照明も半分ぐらいしかついておらず、従業員もまばらだった。

挨拶をしながら紳士小物売り場へ向かうと、商品に被せてある布をたたむ恋実の姿があった。

この時間にもう仕事をしているなんて、いったいいつ出勤しているのだろう。

恋実は黙々と布を取ってはたたみ、カウンターの下にしまっていた。

俺は徐々に歩みを進め、恋実のいるカウンターの前に立つ。

「おはようございます」

軽く会釈をしながら笑顔で挨拶をし、顔を上げる。

「……あっ、おはよう……ございます」

チラリと目が合ったものの、すぐに逸らされた。しかも蚊が鳴くような声の小ささだった。

ネクタイを選んでくれた時の恋実はもっと明るくて、テキパキと仕事をしていたのに。

あの時の印象とはまったく違うことに驚きを隠せなかった。

恋実は俺に関心を示すそぶりも見せず、黙々と仕事を続ける。

もしかして、完全に忘れられてる？

たった一度、接客をしてもらっただけなのだから、その可能性のほうが当然高い。

それでも、予想外にショックを受ける。

立ちすくんでいると、後ろからポンと肩を叩かれた。振り向くと、前田主任だった。

「おはようございます」

「おはよう。土屋くん、今日は早いじゃん」

「はい」

余計なことは言わずに返事をする。

前田主任の視線が恋実へと移った瞬間、彼は納得したように「ああ」とつぶやくと、恋実を呼んだ。

「真壁〜。おはよう」

「あっ、主任。おはようございます」

さっき俺に挨拶した時とは比べ物にならないほど元気で大きな声だった。

「ちょっと来てくれ」

前田主任に呼ばれた恋実は手を止め、俺の前に立った。

「真壁は今日が初対面だと思うが、先週からここに来ている新入社員の土屋くんだ。残り一週間だけど、よろしく頼む」

主任が俺を紹介すると、恋実は慌てて頭を下げる。

「そうだったんですね。社員さんとは知らずにさっきはごめんなさい。紳士小物の真壁です」

「どうしたの？」

すかさず前田主任が恋実に質問する。

「さっき挨拶をしていただいたんですが、初めて見る方だったので、緊張してそっけない態度を取ってしまって……」

彼女は申し訳なさそうな顔をした。

「真壁は人見知りするところがあるからな。特に土屋みたいにイケメンで同い年ぐらいの人には特にな」

前田主任は恋実をフォローするように言ったが、俺はショックを隠せなかった。今の言い方からすると、彼女にしてみればやはり俺とは初対面で、完全にあの時のことを忘れていたのだから。

その後、何事もなかったように恋実は持ち場に戻った。

ほどなくして、他の従業員たちも出勤してきた。

俺は前田主任に呼ばれ、バックヤードで催事用の商品を売台に並べる作業をするように指示を受ける。

ひとりで黙々と作業しながらも、頭の中はさっきの恋実の表情でいっぱいだった。

確かに、大勢来る客のひとりにすぎなかった。だけど、どこかで覚えていてくれるんじゃないかと期待していた。

「バカだな、俺って……」

それだけつぶやくと、俺はなんとか今朝までの浮き足立つ気持ちを封印して、目の前の仕事に没頭した。

翌日、売り場の朝礼の時に、主任から「今日残業できる人はいるか?」と尋ねられた。

「明日から七階催事場の『大紳士服市《だいしんしふくいち》』が始まるが、ちょっと人手が足りないらしい。もし予定がなければ残業を頼みたいが、できる人は手を挙げて」

今日出勤している人数は、五人だ。そのうち、俺を含めた三人が手を挙げた。その中には、恋実もいた。

「こっちでも特売の商品が入って忙しいのに申し訳ない。じゃあ、高田《たかだ》、真壁、土屋は閉店後に催事場に来てくれ。じゃあ、解散」

朝礼が終わり、それぞれが持ち場へつく。

俺は、恋実ではなく前田主任に付いているため、同じ売り場にいてもほとんど接することはなかった。だが、たまに恋実が近くにいると、接客している時もそうでない時も自然と視線は彼女に向かっていた。

「そんなに気になるか？」

前田主任がニヤリと笑いながら聞いてきた。

「いや……別に」

詮索されたくなくて否定すると、前田主任は接客中の恋実を見る。

「接客うまいだろ、彼女」

「はい」

恋実は年配のご夫婦の接客中だった。笑顔を向け、動きは機敏で、的確なアドバイス。あの時の俺への接客と同じだった。

「見えないところでしっかり勉強してるんだよ。だから、お客様の要望にも瞬時に答えることができる。もちろんセンスがあるから、知識も生かせる。すごく仕事熱心で真面目……その上、美人。だけど、自分のことには無頓着。最大の弱点は……人見知りだってことかな」

前田主任が恋実について語った内容は俺も感じていたが、人見知りというのは意外な感じがした。接客の様子を見る限り、そうは思えなかった。

「人見知り……ですか」

「ん〜、正確に言えば同世代の男と話すのがかなり苦手らしい。もちろん、仕事中は切り替えているのか、そういった様子はないけどね。仕事以外だと、ほとんど無口になるんだ」

頭に手を当て渋い表情を見せるが、口調はそんなに困った様子ではなさそうだ。

「そうなんですね」

だから昨日は俺にあんな態度をとったのかと納得した。

「うちのフロアの男たちの間では『近寄りがたい美人』って言われてんだよね」

そういえば、織田もそんなことを言ってたっけ……。

「でも、真壁の接客は本当に勉強になるからよく見とけよ。それと、今日は残業頼むな」

「はい」

その時、ちょうど前田主任は事務室に呼ばれたらしく、売り場を離れた。俺はしばらく恋実の接客を遠巻きに見ていた。


その日の閉店後、催事の準備のために七階の催事場へ向かった。

今日までやっていた『婦人服《ふじんふく》ザ・バーゲン』の片づけと、紳士服の搬入で、バックヤードはごった返していたが、催事場は婦人服がほぼ撤収し、売り場レイアウトもほぼ婦人服の時と同じだったので、俺たちは早速、什器《じゅうき》の横に積まれた段ボールの中から商品を取り出し、ディスプレイを開始する。

だけど俺は催事場の準備は初めてで、どう動けばいいのかわからず、足手まといに近いものだった。

段ボールひとつ開けるにしても、モタモタしていると……。

「カッターがなかったら……鍵かなにかを持ってる?」

声をかけてきたのは、恋実だった。

「あっ、鍵なら」とポケットからロッカーの鍵を出すと、恋実が「貸して」と手を出す。

「カッターもいいけど、まれに商品を傷つけてしまうことがあるの。でもこうやって鍵でシューッと手前に引いて開ければ、商品にも傷がつきにくいのよ」

恋実は俺と視線を合わせず、説明しながら手本を見せてくれた。

「本当だ。ありが――」

お礼の言葉を最後まで聞くことなく、恋実は自分の持ち場に戻って作業を再開した。

やっぱり本当に覚えてないんだ。

恋実の態度で確信した俺は、小さくため息をついた。

でも、いちいちショックを受けている暇はない。気持ちを入れ替えて仕事しよう。

そう思いながら作業を続けていたが、どうも割り切れない俺は、仕事しながらもつい視線が恋実に向いてしまう。

商品を取り出しながらディスプレイする姿、商品を見ながら気に入ったものを見つけた時のうれしそうな表情。そのひとつひとつに、俺はいつしか釘付《くぎづ》けになり、気が緩んでしまっていた。

「痛っ！」

ＰＰバンドで思いきり手を切ってしまう。

「大丈夫？」

すぐに恋実が駆け寄ってきた。

「すみません。大げさに声を出しちゃって……。大したことないです」

こんな情けない姿を見られたことが恥ずかしくて、思わず下を向く。

すると恋実は、なにも言わずにポケットから絆創膏《ばんそうこう》を取り出した。

「これを使ってください。私もよく紙で手を切ったり、無茶してＰＰバンドで手を切ったりしちゃうんです」

恋実の顔を見ると、前田主任が言っていたように同世代の男が苦手なのか、俺の顔を見ようとせずに顔を赤らめていた。

「ありがとうございます」

絆創膏を受け取ると、恋実はまた自分の持ち場に戻っていった。

決して近くにいたわけじゃないのに俺がケガをしたのを誰よりも早く察知し、同世代の男が苦手なのにもかかわらず助けてくれる彼女に、俺の中で今まで感じたことのない感情が芽生えた。

もっと恋実のことが知りたい。俺に興味を持ってほしい。

気がつけば、催事の準備中、恋実を目でずっと追っていた。


翌日は俺が休みで、その次の日は恋実が休み。やっと会えると思えば、催事場の応援に行かされ、さらに土日となると客数が急激にアップするためバタバタしていて、恋実とはほとんど言葉を交わすことはなかった。

前田主任に雑用を頼まれた帰り、一礼をしながら「いらっしゃいませ」とお客様に声をかけつつ売り場に戻った時……。

「な～んだ、土屋くんいたじゃん」

ちょうど庶務の島村さんが駆け寄ってきた。

「なにか俺に用ですか？」

「うん。今、人事の西村係長から連絡があってね、人事部に至急来てほしいって」

「え？　人事部ですか？」

なぜ人事に呼ばれたのか、検討もつかない。島村さんも要件は聞いていないらしく、首を傾げるばかりだ。

「とりあえず前田主任には私のほうから言っておいたから、そのまま行っていいよ」

「ありがとうございます」

そうお礼を言って、俺は再びエレベーターに乗ると、十階へと向かった。

「急で申し訳ないんだけど……ロサンゼルスに行ってくれないか？」

人事部の西村係長から『異例中の異例なんだけど……』と前置きをされて告げられたのは、突然の辞令だった。

「ロサン、ゼルス……ですか？」

完全に固まった。

なんで、いきなり海外？　しかも通常は人事部付で一年は各部署を回ることになっているのに、まだ半年も経っていない。そんなの、おかしいだろ。

「そうなんだよ。はい、これ」

向かいの席に座る西村係長は苦笑いとも作り笑いとも取れる表情を向け、俺の目の前に一枚の紙を差し出した。

そこには、本日付で【大越デパート　ロサンゼルス支店　営業部顧客担当を命ずる】と書かれていた。

「なんで俺なんすか?」

上司に使う言葉遣いではないことはわかっている。だけど、経験も浅く、まだまだ覚えることが山ほどあるのになんで?という気持ちがあった。とはいえ、辞令が覆されないのもわかっている。だから、これが俺にとっての精いっぱいの抵抗だった。

西村係長は申し訳なさそうに息を「は～っ」と吐いた。

「実はね……ロス支店の顧客担当の青山《あおやま》主任が退社することになったんだよ」

「はい？」

おいおい、退社なら前もってわかっていることでしょ。こんなふうに急きょ異動なんてことには絶対にならないはずだ。それに、なんで主任の後任が新入社員の俺なんだよ。嫌がらせ？　それとも左遷ってやつ？

もう悪いことしか考えられなかった。

「土屋の言いたいことはわかるよ。退社はいきなりするもんじゃないからね。ただ彼女……あっ、青山主任は女性なんだけどね。妊娠が発覚して結婚したんだよ」

……順番が逆じゃねーか。

俺が露骨に嫌な顔をすると、西村係長は慌てて言葉を続けた。

「順序は人それぞれだからなんとも言えないんだけど、彼女の旦那さんが仕事の都合でワシントンに行くことになっていて、彼女もついていくことになったってわけ」

「だからって、なんで後任が俺なんすか？」

「一番の理由は英語力だよ。確か土屋って、英語ペラペラだよな」

履歴書をチラリと見ながら、西村係長は自信ありげに俺を見た。

「日常会話程度ですよ……」

「いやいや、そんな謙遜しなくても。売り場の責任者から、外国人のお客様が見えると君が通訳してくれて助かっているという話をたびたび聞いているよ」

実際のところ、英語は好きだった。きっかけは、アメリカのハードロックが好きでいつか自分も英語でカッコよく歌ってみたいというありがちな理由だ。

洋楽を聴きまくり、歌詞カードのホッチキスが外れてしまうほど見ては、勉強そっちのけで歌った。さらにそれでも満足できなかった俺は、語学勉強のためにと親に頼み込み、夏休みを利用して何度かアメリカでホームステイをした。そのおかげで、アメリカ人の友達も増え、英語で会話することの楽しさを知った。

だけど、まさかその英語がこんな形で役に立つとは思いもしなかった。

「それに、仕事の面でも君の評判はよくて、自分のところにほしいっていうお偉いさん方がけっこういるんだよ。そういうところを総合評価した上で、決めたことなんだ」

西村係長は終始、笑顔で説明した。

もし恋実に出会わなければ、すごくうれしかったと思う。自分の学んだ英語が活かせる場を与えられて、ふたつ返事で飛行機に乗っていただろう。

でも、今は正直行きたくない。

理由はひとつ、恋実の存在だ。きっかけなんてほんの些細《ささい》なことだった。ふとしたことがきっかけで、それまで単に興味程度だった相手を好きになってしまった。

人を好きになると、相手のことをもっと知りたい。近くにいたいと思う。

俺の場合、それがほんの数日前のことで、さすがにこのタイミングでの転勤は、なにかの嫌がらせかとまで思ってしまった。

「これって、行きたくないと言ったところで無理ですよね?」

「どうだろう。こればっかりは僕の一存では決められないんだよ。だけど、決して悪い話じゃないよ。そもそも君は就職試験の面接で、語学力を生かして海外で仕事がしたいと言っていたよね。今回の話は君にとって決して悪い話じゃないと思うんだ。実際、行きたくても行けない人はたくさんいる。僕は君が適任だと思っているけどね」

西村係長は、『NOとは言わせない』と言わんばかりの目で俺を見た。

確かに、俺は海外での仕事を希望していた。だから、これがもう少し前に聞いていたらすごくうれしかったし、即答していただろう。でも、今は即答できずにいた。

とはいえ、ここでどんなにあがいても無駄だということはわかっている。

俺は辞令の紙を手に持ち、席を立つ。そして西村係長に一礼して、この場を去ろうとした、その時……。

「土屋、夜、飲みにでも行かないか？」

西村係長は、お酒を飲むジェスチャーをしながら俺を見た。

「え？」

「いや、君に事前の打診もなしでロサンゼルス行きを決めてしまったことを申し訳ないと思ってるんだ。でも、ここまで露骨に行きたくないという顔をするのは、それなりの理由があるんだろう？　ただ、ここじゃあ話しにくいかな、と……」

俺を見上げながら微笑んだ。

西村係長は、研修の時の教育係だった。とても気さくで、厳しいところもあるけれど、なにか思うところがあって話をするとちゃんと耳を傾け、適切なアドバイスをくれる人だった。

そんな西村係長の顔を見ていたら、話を聞いてもらいたいという気持ちがわいてきた。きっとこの人なら俺の話を笑わずに聞いてくれるという確信があった。

「係長、俺の話を聞いてもらえますか？」

　俺はその場で誘いを受け入れた。


「――えっ⁉　それが行きたくない理由なの？」

　西村係長は、ハイボールの入ったグラスを持ちながら口をあんぐりと開けていた。

　仕事を終えた俺は、西村係長の友達がやっているという行きつけの居酒屋に来ている。店内はカウンター席と座敷が四席ほどで、俺たちが店に着いた時は、既に満席に近かった。

　だが、西村係長は事前に予約をしてくれていたようで、店に入ると大将がすぐに『奥の席を空けてあるぞ』と声をかけてくれた。

　大将の奥さんらしき人に案内されて席に着くと、すぐに俺は生ビール、係長はウイスキーのハイボールを注文した。

　乾杯して勢いよくビールを飲んだ俺は、海外赴任を躊躇《ちゅうちょ》する理由を打ち明けたが、西村係長からは思ったとおりのリアクションが返ってきた。

　でも驚かれても仕方がないし、自分でもまさか恋実を本気で好きになるなんて思ってもいなかった。

「そっか、営業四部の真壁さんか～」

西村係長は納得するように何度もうなずいた。

「西村係長はご存知なんですか？」

「うん。だって僕、教育担当だったから」

どうやら西村係長は、恋実の担当でもあったようだ。

「正直言うと、自分でも驚いてるんです。人を好きになるって、普通は出会いがあってその人と接していく中で徐々に相手に惹《ひ》かれていくものだと思っていたので。だけど、ほんの些細なことで突然相手のことを好きになるなんて……。しかも、自分が希望していた海外での仕事を躊躇してしまうほど彼女に惹かれているとは思ってもみませんでした」

俺は西村係長に本音をぶちまけた。

「人を好きになる理由なんて、意外とそういうもんだったりするよ」

西村係長は理解を示すようにうなずいたが、急に厳しい表情を見せ、言葉を続ける。

「でも、これは仕事だ。今回の話はそうそうある話じゃないし、誰でもいいわけじゃない。お前の気持ちもわからないわけではないが、はっきり言うと、こういう話を蹴ってしまうと昇進も難しくなる」

「はい……」

西村係長の言っていることは理解できる。確かに、将来のことを考えれば行くべきだろう。でも、まだ躊躇している自分がいて、思わずうつむく。

「真壁なら大丈夫だ」

「え？」

急に意味のわからない言葉を投げかけられて、顔を上げた。

「お前も知ってるとおり、真壁は客の前では仕事と割り切って話せるが、仕事以外となると同世代の男とは目も合わせず、口数も少なくなるだろう？　もしお前が海外に行ったとしても、今の状況で真壁に彼氏ができるとは考えられない」

確かに、俺に対しても目を合わせて話をしてはくれないし、用が済めばさっといなくなる。

黙って考え込んでいると、係長が声をかけた。

「なあ、せっかくのチャンスを無駄にするな。海外で仕事をして成長してからでも遅くないと俺は思うよ」

係長の言葉がすっと心に入った。

そのとおりだ。たぶん今の俺ではどれだけアプローチしても振り向いてもらえるとは思えない。

それよりも海外で経験を積み、彼女の前に出ても恥ずかしくない大人になってからのほうがいいのでは、と素直に思えた。

「主任、今回の海外赴任って、どのくらいの期間なのかわかりますか？」

そう尋ねると、係長は腕を組みながら横を向いて眉間にシワを寄せた。

「んー。ここで何年とは断言できないけど、今までの傾向では五年くらいかな」

五年か……決して短くはない。だけど、今のままの自分では恋実を自分に振り向かせることはできないこともわかっている。

「わかりました」

俺は姿勢を正した。

西村係長も俺の方へ向き直り、まっすぐ見る。

「俺、ロサンゼルスに行きます」

「そうか！」

西村係長は顔をほころばせたが、俺の話はこれで終わりではない。

「それで、西村係長にひとつ頼みがあるんですが……」

「頼み？」

「ちゃんとロサンゼルスで成果を上げてくるんで、俺が戻ってきたら必ず営業四部に配属できるようにしてくれませんか？」

テーブルに額が付くぐらい頭を下げる。

「営業四部に？　お前が戻ってくるまで俺が人事にいるかわかんないのに？」

西村係長は身を乗り出し、かなり驚いた様子で俺を見る。

「係長が異動になったら、次の人に俺のことを引き継いでおいてくれればいいじゃないですか」

すると西村係長は「は～」と頭を抱えた。

しかし、それから五年後……。彼は俺との約束を守ってくれた。

歓送迎会一時間前

「西村さん！」

「お～！　久しぶりだな、土屋課長」

「その課長って、やめてくださいよ」

初めて『課長』と呼んでくれたのがまさかの西村さんで、思わず苦笑いをした。

帰国後、俺はすぐに西村係長――いや課長に連絡を取り、歓送迎会の始まる一時間前に喫茶店で会うことになった。

この五年の間で西村さんは課長になり、俺も向こうでの実績を認められ、課長になって日本に帰ってきた。

「彼女は元気ですか？」

本来ならば目の前にいる西村さんに『お元気でしたか？』なんだろうけど、俺は飛行機の中でも恋実のことが気になって、そわそわしていた。

実は、西村さんとは頻繁に連絡を取り合っていた。大半は仕事のことだったが、課長が恋実の上司だったこともあり、気を利かせて近況を報告してくれていたのだ。時には、歓送迎会や催事などで集合写真を撮った時に恋実が写っているものがあれば、その画像を送ってくれたりもした。

そのおかげで、五年間恋実と離れていても近くに感じることができて今まで頑張ってこれたし、なにより自分でも驚くほど彼女への気持ちが冷めることはなかった。

「やっぱりそうきたか。彼女なら、先月から売り場のリーダーとして頑張ってるぞ。もちろん、まだ未婚だ、安心しろ」

西村さんは笑いをこらえるように、一枚の写真を差し出した。

その写真に写っている彼女を見て、俺は心臓が一気に跳ね上がった。

「これは、先月売り場の子が寿退社する時にみんなで撮った写真なんだけど、お前をびっくりさせようと思って画像を送らなかったんだ」

写真の中の恋実は、珍しく笑顔を浮かべていた。それまで西村さんから送られてきた画像はほとんどが伏し目がちか真顔だったため、俺はドキドキしてしまった。

これから自分の部下となるわけだが、俺は冷静でいられるだろうか。彼女のことだから、俺のことなんて覚えているはずないだろう。

恋実の写真を食い入るように見ていると、西村さんが意外なことを言いだした。

「彼女さ、会社の人間とつるむの好きじゃなくてね。宴会とかもほとんど参加しないんだ。今日は俺の送別会だから参加してくれると思うけど、たぶん途中で帰ると思う」

「え？　どういうことですか」

なにが言いたいのか、さっぱりわからなかった。

「彼女と話をしたいんだろ？」

「もちろん」

「だったら……お前、今日の歓送迎会は出るな」

「はあ？　なに言ってんですか。今日は俺と西村さんの――」

「お前は無駄にイケメンすぎるんだよ」

『俺と西村さんのための歓送迎会』と言おうとしたが、西村さんに遮られる。

「はい？」と、首を傾げながら、西村さんを見つめる。

そのことと歓送迎会を欠席することが、どう関係あるんだろう。

「お前が来たら、女子社員が黙っちゃいない。そのうち彼女は隙を狙って帰るだろう。そうなったら、お前はまた彼女としゃべれなくなるぞ。五年間、この日を待ってたんだろ？　だったら、飛行機の到着が遅れてとか理由をつけて、歓送迎会は欠席して、代わりに彼女が出てくるのを待つほうがいいと思うんだけど」

西村さんは俺の顔をジーッと見つめたかと思うと、ニヤリと笑った。

確かに西村さんの言うとおりかもしれない。どうせ俺のことなんか覚えていないはずだ。〝初めて〟を装い、話すきっかけを作ったほうが手っ取り早いかもしれない。

とりあえず、ふたりきりで話ができる環境を作るのが先決だ。

「西村さん、ありがとうございます。そうさせてもらいます」

俺はテーブルすれすれまで頭を下げた。

「わかった。後のことは任せておけ。とりあえず幹事には電話しておけよ。あ〜、これでお前に憎まれずに済むかと思うと安心したよ」

西村さんはホッとしたようにコーヒーを飲んだ。

「別に俺は……」

すると、西村さんは首を横に振った。

「いや、今はそう思ってるかもしれないが、辞令が出た時のお前の絶望的な顔は忘れないよ。ずっと申し訳なかったと思ってたからね」

そう言うと、西村さんは歓送迎会の会場である居酒屋へと向かった――。

そして俺は恋実と再会の時を迎えたのだが、歓送迎会当日のことと、この後の出来事はまだ恋実には言わないでおく。

俺のことを本気で好きになるまでは……。

第四章　加速するキモチ

ラブのち曇り？


「嘘……」

一馬の話を聞いた私は、それが自分のことだとは到底思えなかった。まるで漫画や小説を読み聞かされているようだった。

私たちの乗った車は高速道路のサービスエリアに入った。

車を停めて降りると、一馬は大きく背伸びをしながら、驚いている私に視線を向けた。

「その顔、まったく記憶にないって顔だよね。まあ、想定内だけど」

苦笑いをしているが、ショックを受けているようには見えなかった。

でも、私のほうはまるで記憶喪失にでもなったような気分で、かなりショックだった。

この仕事は、日々いろんな方と接して成り立っている。こんなことを言うと失礼かもしれないけど、接客したお客様一人ひとりを細かく記憶することなどできない。よほど頻繁に来てくださる方でない限り、覚えていないことのほうが多い。

とはいえ、一馬とは過去に一緒に仕事もしていたなんて……。

でも考えてみれば、残業中に誰かがケガをして、自分でも珍しくとっさに動いて絆創膏をあげた記憶はうっすらとある。まさかそれが目の前にいる一馬だとは、本当に今、聞かされるまでわからなかった。

「私……なんて言ったらいいのか……。ごめんなさい」

いくら男性に免疫がなくて苦手だからといって、すごく失礼なことだよね。

申し訳なさすぎて、顔を上げられなくなる。

「謝らなくていい。俺が勝手に執着していただけだし……。恋実が覚えていないのは無理もないよ。今こうして恋実の隣にいることは俺の意志なんだから、そんな困ったような顔はするな。それよりも、俺はやっと会えたことがうれしいんだ」

一馬は私の頭をゆっくりと撫でた。

私は顔を上げて一馬を見つめる。

「あのね……。私っておじさんとか自分より年上の人とは話せても、仕事以外で一馬のような同年代の男の人と話をするのが苦手というか、話せたとしても目を見て話せないの」

「うん」

「だけど一馬とは普通に話せるの。どうしてなのか自分でもわかんないんだけど……」

一馬のちょっと強引なところに戸惑うことは多いけど、それを嫌だと思ったことはないし、今まで味わったことのないドキドキは私には新鮮で心地がよかった。なにより仕事に行くことが楽しくなった。

「うん」

「今まで恋愛らしいことはなくて、自分にも自信がなくて……だから一馬からのアプローチにどう対処したらいいのかわからなくて、うれしいのにうまく伝えられなくて……結果、あなたを困らせて……」

恥ずかしくて一馬の顔を見られず、自分の両手を強く握りながら、自身なさげに言葉を繋げる。

もっと上手に伝えたいのに……。

「恋実」

一馬は目を細めると、私を強く抱きしめた。

「ちょ、ちょっと、一馬？　人が見て――」

「見られたっていい」

一馬はさらに腕に力を込めた。

「一馬……」

「すごくうれしいんだ。だって、恋実にとって俺は特別だってわかったんだから」

一馬のとてもうれしそうな声が頭上から聞こえてきた。

私も、不透明だった一馬のことを知ることができて、頭の中のたくさんの『どうして』が消えていた。

こんな面倒な私を好きになってくれてありがとうという気持ちを込めて、私は一馬の背中に腕を回した。

一馬と私が五年以上前に出会っていたことや、同じ会社で働いて私の上司になったこと、しかもこんなイケメンがこんな面倒な私に好意を持ってくれていたことを知り、今まで私が感じていた一馬への印象や思いに変化が表れていることは、自分の鼓動の速さでわかる。ふわふわしたなにか見えないものに大事に包まれているような、心地のいいドキドキで満たされている。

その上、もうすぐデートが終わることが寂しいと思えるのだから不思議だ。朝の自分とは確実に気持ちは変化していて、もっと一緒にいたいとさえ思えてくるんだもん。信じられない。

「恋実？」

一馬がまっすぐ私を見た。その目はとても真剣だ。

りるんだ。

そう思っていた。だけど彼の口からは、予想外の誘いが発せられた。

「もっと一緒にいたい……。俺の家に来ない？」

「ええ⁉」

体がのけぞりそうになった。

いや、確かに私ももう少し一緒にいたいと思っていたけど、それはどこか夕飯を食べに行ったりとか……行ったりとか……行ったり……って、イメージ狭っ！

恋愛経験が少なすぎる私には、その程度しか思い浮かばなかった。だからいきなり一馬の家に誘われて、その驚きは半端なかった。

「お前、びっくりしすぎ。忘れてはいないと思うけど、俺らはもっとすごいことしてるからね。お前んちで」

一馬がニヤリと笑った。

「えっ⁉」

……そういえば……そうだった～！　酔っぱらって記憶をなくしてるけど、付き合う前に私は一馬に下着姿を見られてて、体を寄せ合って寝てたじゃん！

「なっ？　とりあえず、このまま俺んち直行するから」

有無を言わせない様子で車に乗り込むと、一馬が車を発進させる。そして、彼の家へと向かった。

高速道路を下りて二十分後。車の速度が遅くなった。周りは高層マンションが立ち並んでおり、私の近所の風景とは格段に違って見えた。

そして、その中でも一番新しそうな高層マンションの前でさらに速度が落ちたかと思うと、左にウインカーを出して車は駐車場へと入っていった。

「ねえ、もしかしてここが一馬の家？」

「そうだけど？」

『なにか問題でも？』とでも言いたげに、一馬は慣れたハンドルさばきで駐車スペースに車をバックで入れる。

いやいや、軽く言うけど、いくら上司とはいえ、同い年でどうしたらこんなマンションに住めるの？

とはいえ『もしかしてお金持ちなの？』なんてストレートに聞くのもどうかと思い、口をつぐんだ。

地下の駐車場からエレベーターに乗ると、一馬は七階のボタンを押した。

ヤバい。これから本当に私は一馬の部屋に行くんだ……。

いくら恋愛初心者だとしても、彼氏の家に行くことがどういうことか、わからないわけではない。私は緊張のあまり、一馬の後ろに隠れるように立つ。

一馬はそんな私の手を取ると、グイッと引き寄せた。

「なんでそんなとこに立ってんの？」

「なんでって……緊張しちゃうじゃない。男の人の家に行くなんて、生まれて初めてなんだもん……」

上目遣いで一馬を見る。

「生まれて初めてが俺の家って最高じゃん」

かなりうれしそうに見下ろされ、私の顔がボッと赤くなった。

——ポーン。

その時、エレベーターが七階で止まり、扉が開いた。

一馬が「おいで」と言いながら、笑顔で私の手を引く。

どうしよう。ドキドキしすぎて、口から内臓系が飛び出そうだ。

手を繋がれたまま彼の後ろを歩いていると、急に一馬の足が止まった。

どうしたの？と疑問に思った時……。

「カ〜ズマ〜」

ふいに前方から一馬の名前を呼ぶ声が聞こえた。彼の背中が影になっていて、私からは声の主の姿は見えない。

「テレサ？」

一馬の驚いたような声。その瞬間、一馬に誰かが抱きついた。

え？　いったいなにが起こっているの？

唖然《あぜん》としながら見上げた先には、黒いジャケットに白の細身のジーンズ、そしてハイヒールを履いた、モデルのようなスレンダーな体形の超美人がいた。しかも、金髪ストレートに、青い目をしている。年齢は恐らく同世代だろう。

一馬は慌てふためいた様子で、テレサという名の女性に英語で話しかけている。もちろん、テレサさんも英語で、ふたりがなにを話しているのか、私にはさっぱり理解できない。

でもしばらくすると、一馬の表情は和らぎ、ふたりはとても親しげな様子に変わった。テレサさんは笑ったり驚いたり喜んだりと表情をくるくる変え、楽しそうに一馬と話している。

いったいふたりはなにを話しているの？　どういう関係なの？

ふたりの姿はとても絵になっていて、恋人と言われてもおかしくない。

いや、もしかしたら本当に恋人かもしれない。だって友達がこんなに密着する？

こんなの、絶対におかしい。

モヤモヤした気持ちは一気に確信へと変わった。

きっとふたりは恋人同士なんだ。そして、自分が今ここにいることが場違いなのだ、と……。

「土屋課長！」

「……えっ？　恋実、お前なんで……」

ハッとした顔で一馬が私を見た。

きっと、こんな時になんで『課長』と呼ぶんだと思っているのだろう。でもね、目の前に本物の恋人がいる前で、私が彼女面できるわけないじゃない。

「この手を離してもらえないですか？」

「ちょ、ちょっと待て。あのな、これには……って、おいテレサ」

一馬は私とテレサさんを交互に見て、かなり慌てている。

テレサさんはというと、一馬から離れてスーツケースをドアの前に置き、早く中に入れろと言わんばかりに一馬を呼んでいる。

こんなところでもめるわけにはいかない。

「いいから離してください、課長！」

私は声を荒げて睨みつけた。

私の声に驚いたのか、一瞬、一馬の手の力が弱まった。

テレサさんも心配そうに私の方を見ているが、早くここから離れたかった。

私は隙を狙って繋がれている手を離し、一歩後ろに下がる。そして精一杯の笑顔を作った。

「お客様がいらっしゃっているのでしたら、私はここで失礼します。今日はありがとうございました」

深々と頭を下げると、すばやく回れ右をしてエレベーターまで急ぎ足で歩いた。

「おい、恋実。待てよ！」

引き止める声が聞こえたが、テレサさんに英語でなにかを話しかけられているせいか、追いかけてくることはなかった。

エレベーターのボタンを押すと、扉がすぐに開く。私はさっと乗り込み、すぐに【一】のボタンを押した。

扉が閉まりエレベーターが下降し始めた瞬間、思わず大きなため息が漏れる。

一馬と付き合うようになって、初めて心からもっと一緒にいたいと思えたのに、今の出来事でそんな思いは吹き飛び、最悪な一日になってしまった。

冷静になって考えてみれば、やっぱりおかしいよね。あんなイケメンが、私みたいな女を好きになるはずがない。どうせ今日聞いた話だって、本当かどうかわからない。いくらでも話なんか作れるもんね！

エレベーターが一階に到着すると、足早にマンションを出て、上を振り仰ぐ。

そびえ立つマンションの高さが、今の自分と一馬との間にある距離を表しているようで、悲しみよりも虚しさが増す。

このまま家に帰っても悶々としそう。

そう思った私は、その足で〝あおい〟へと向かった。

俺のこと……好きでしょ？


「あら〜。恋実ちゃん、久しぶりじゃない？」

〝あおい〟に来るのは数週間ぶりだった。笑顔で迎えてくれたママの顔には、私が最近ここに来なかった理由を知りたい気持ちがあからさまに出ている。

ああ、きっとあれこれ聞かれるんだろうなぁ。絶対に言わないけど……。

「うん。なんかバタバタしちゃってて」

当たり障りのない返事をする。

「ねぇねぇ。あれから彼とどうなった？」

ほらきたっ！

ママは顔をにやつかせながら、私が注文したビールとおでんを差し出した。

「……彼って？」

わざとらしく、そしてぶっきらぼうに答えながら、おでんの大根を食べる。

「とぼけちゃって〜。一馬くんのことに決まってるじゃない。もう付き合ってんの？」

ママの言葉を合図に、常連客たちの視線が一斉に私に向けられる。

みんな、本当に好きだよね～。人の恋愛事情とか……。でも、今は放っておいてほしい。

「別に……付き合ってないし」

ちょっと本気になりかけたけど、危うく二股をかけられそうになったのだから。それにどう考えたって、テレサさんのほうが釣り合いが取れてるよ。だから、もういいの。深入りする前でよかったよ。

一馬との今までのことを消し去るように生ビールを一気に飲み干し、おかわりをした。

「またまた～。今さら隠すことないじゃない」

だけどママはまったく信じようとはしない。それどころか、「彼とケンカでもしちゃったの？」とまで聞いてくる。

一馬と会うまでは、ここでお酒を飲むのが好きだった。自分の家とまでは言わないけど、誰の目も気にせず、気楽な気持ちで自分らしくいられたから。でも、ママに一馬のことをしつこく聞かれるようでは、もう前のようにはいかないかも……。

「ママ！　お茶漬け作って、鮭《さけ》で」

もう今日は、〆《しめ》のご飯を食べたら帰ろう。

私は残りのビールを飲み干した。

ママは腑に落ちない様子で、お茶漬けを私の席まで持ってきた。

「はい、お茶漬け」

「ありがとう……って、あれ？　今日はやけに鮭が多くない？」

どう見ても、いつもより二割増しだ。

するとママは、私の横に座り頬杖をつきながら目を細めた。

「ねえ、なにがあったか知らないけど……あんないい人いないわよ」

なにを言いだすかと思ったら……。なんで一回しか会ったことのないマヾにそんなことを言われなきゃならないのよ。

私は返事もせずにお茶漬けをすすった。

「ちょっと恋実ちゃんったら〜。もっとゆっくり食べなさい。そんな食べ方してると、そのうち――」

ママのお小言が始まった、その時だった。

「やっぱりここにいたか！」

ガラガラと勢いよく店の戸が開いたかと思ったら、聞き覚ゑのある声が聞こえた。

「なんで？　……って、うぐっ‼」

お茶漬けを食べながら振り向くと、そこには息を荒くした一馬がいた。同時に、私はむせてしまい、顔を赤くしながら胸を叩く。

「だから言わんこっちゃない。ゆっくり食べないからこうなるのよ。ほら、水飲んで」

呆れたようなママの声。

差し出された水をゴクリと飲み、ようやく落ち着く。

一馬は腰に手を当て、私を睨むように見下ろしていた。

なんで一馬がここにいるのよ。しかも怒ってない？　怒りたいのは私のほうなんですけど。

そんな私の思いなど無視するかのように、一馬は私の隣にドカッと座った。

ママはなにも言わず、笑顔を向けながら一馬に水を差し出した。

一馬は水を受け取ると勢いよく一気飲みし、グラスを置くと同時に私を睨む。

「な、なにしに来たのよ」

私は一馬を自分の視界に入れたくなくて横を向く。

「はあ？　そんなの、お前を迎えに来たに決まってるだろ？」

怒りを露わにした一馬の声が店内に響く。

「なに言ってんの。ていうか、なんでここだってわかったのよ！」

「お前の行きそうなところなんて、ここしかないだろ」

私をバカにしたような目で見ると、一馬はママに笑顔でビールを頼んだ。

なによ、この私とママに対する対応の落差は……。とにかく帰ろう。これ以上、一緒になんかいたくない。

「ママ、お勘定《かんじょう》！」

バッグを持って立ち上がろうとすると、バッグを持っていないほうの手を一馬に強く掴まれ、立ち上がることができない。

「ちょ……ちょっと、この手を離してくれない？」

睨みつけるような目で訴える。

「二分待て」

真顔で私を見た。

「二分？　大体、なんでここにいるのよ。恋人が待ってるんじゃないの？」

「は？　恋人ならここにいるだろうが」

なんでそんな怒ったような顔してるの？　ていうか、もう恋人でもなんでもないでしょ。本命が来日したんだから。

「あら、そうかしら？　テレサって青い目の人じゃないの？」

思いっきり嫌味を言ってやった。

今の私には、このくらい言っても許されるよね。

しかし一馬は目を丸くしたかと思えば、ゲラゲラと笑いだした。

「なにがおかしいのよ。私は本当のことを言っただけよ」

「それって……嫉妬？」

口に手を当てて肩を揺らしながらも、一馬は目を細めてとてもうれしそうだった。

「はあ？　なに言ってんの。それより、さっさと帰れば？　彼女が待ってるわよ」

なにが嫉妬よ。私がどんな気持ちでいるかまったくわかってない。

「テレサは俺のロサンゼルス時代の部下だよ。それだけ」

「じゃあ、なんで用もないのにあそこにいるのよ。ただの部下が元上司の帰国後の住所まで知ってるわけないじゃない」

「彼女は仕事でこっちに来たの。来週からアメリカフェアがあるだろ？　住所は俺が教えておいたんだ」

「仕事ならホテルに泊まればいいじゃない」

いくら私が恋愛に疎くても、そのくらいわかるわよ。

「泊まるとこがねーんだよ」

「は？」

言ってる意味がわからず、露骨に顔を歪めた。

「彼女、タバコの匂いがダメでね。禁煙部屋を予約したつもりだったんだけど、手違いがあって喫煙部屋になってたんだよ。しかも禁煙部屋は既に満室で、あいつ行くところなくてさ。俺はタバコを吸わないから、禁煙部屋が空くまで部屋を貸す約束をしてたんだけど、俺が今日と明日と日にちを間違えてたんだよ」

信じられない。あんなに熱い抱擁まで交わしておいて……。

一向に信じようとしない私を見て、一馬は大きなため息を漏らす。そして残りのビールを飲み干した。

「ママ、お勘定。恋実の分も一緒に頼むよ」

「ちょっと……私の分はいいわよ。とにかく、早くテレサさんのところに行けば？」

目線を合わさず唇を噛《か》んだ。

「あいつは待ってねーよ。今ごろ寝てる。そんなことより、早く行くぞ」

一馬が私の腕を掴んだ。

「行くって……どこへ」

「決まってんだろ。お前んち」

「はあ？　なにそれ」

驚いて慌てふためいていると、一馬が追い打ちをかけてくる。

「今日はお前んちに泊まるからな。……覚悟しておけよ」

「え……」

「ママ、うちの恋実がお騒がせしました」

私が硬直している隣で、一馬はとびきりの笑顔をママに向けていた。

「若いっていいわね」

「うらやましいね〜」

ママや常連客たちのからかう声が聞こえてくるが、私の頭の中はぐちゃぐちゃで、なにも考えられなかった。


「どうぞ」

まだ納得していない私はしぶしぶ鍵を開ける。

一馬は玄関のドアが開くと、まるで自分の家に帰ってきたかのように靴を脱いで家に上がり、堂々とソファに座った。

ていうか、勢いでこうなっちゃったけど、そもそも私はまだ腑に落ちないことばかりだ。それに、なにも解決してない。

私は不貞腐れたまま、その場に立ち尽くしていた。

「座んないの？」

一馬が自分の座っている隣を指さした。

「それよりも、こんなとこにいてもいいんですか？」

私は口を尖らせ、明後日の方向を見る。

「は？」

「彼女が待ってるんじゃないんですか？」

「だから、彼女のとこに今いるじゃねーか。なに訳のわかんねぇこと言ってんの？　しかも、わざとらしく敬語なんか使っちゃって。それよりも、とにかく座ったら？」

一馬は自分の横に座れとばかりにソファを叩いた。

「けっこうです」

面白くない。今日のデートをきっかけに、一馬に対する思いに少しでも応えたいと思い始めていたところに、あんなハリウッド女優と言っても通りそうな金髪美人が現れて、元部下だと言われて信じられる？　抱きつかれても拒否してなかったしさ。どうせ鼻の下を伸ばしてたんじゃないの？　それに、いくらタバコの煙が苦手だからって、誰かれ構わず泊めるとか信じられない。

私だって泊めてもらったことなんかないのに……って、なにを私はひがんでるの？　そうじゃなくて……。

「お～い、いろいろと面白い顔してくれちゃってるけど、顔で会話できねーから、とにかくここに座れって」

少し呆れ気味な表情を浮かべながら、しつこくソファを叩く。

「か、顔で会話って……」

思わず両手を顔に当てた。

もうさっきからなんなのよ！　こっちは怒ってんのに、一馬はニヤニヤしながら私を見るし。だからといって、ほいほい隣に座れるわけない。自分の家なのに、自分の家じゃないみたい。

いつまでも座ろうとしない私の様子に、一馬は諦めたのか大きなため息を漏らした。

「〝あおい〟でも話したとおり、彼女とは本当に元上司と部下という関係以外になにもないんだ。タバコのことも本当。彼女、妊娠中に――」

「え？　妊娠？」

予想していない言葉に、私は一馬の言葉を最後まで聞かず質問した。

なにそれ。そんなこと聞いてませんが？　もしかして、一馬との子供ってこと？

「そう。妊娠中に、彼女の旦那さんの吸う微かなタバコの煙にも異常に反応してね。出産後もタバコの煙を受け付けなくて、引っ越しまでしてんだもん。もちろん、旦那さんもそれを機にタバコを卒業。あ、旦那さんも俺の友人なんだけどね」

一馬は淡々と話すが、私は頭の中が真っ白になった。

え……。彼女の旦那さん？　しかも一馬の友人って……。

「ねえ、彼女は結婚してんの？」

「そうだよ。説明しようとしたらお前は急に怒って帰るし……」

じゃあ、思いっきり私の早とちりってやつ？

これまで自分の取った行動を思い出して、顔が一気に真っ赤に染まる。

一方、一馬の表情はというと、本当のことが言えたからなのかスッキリした顔をして、かなりご機嫌な様子。

「恋実」

一馬が満面の笑みで私を呼んだ。

「な、なによ……」

「もう認めちゃいなよ」

「な、なにを……」

「俺のこと、好きでしょ」

「はい？」

一馬のストレートな問いかけに目を丸くする。

すると、一馬は力の抜けたようなため息を漏らした。

「あのさ～、こういう時は『うん』だとか『好き』って答えるもんでしょ？」

「はぁ？　なんでそうなるのよ」

「は～」

再び一馬が大げさなため息をこぼす。続いて、急に鋭い目つきになって私を見つめた。

「じゃあ聞くけど、なんであの場から逃げた？」

まるで『嘘をつくなよ』と訴えているようで、思わず目を逸らしてしまう。

本当は本命がいたと思ってショックで逃げ出したけれど、バカ正直に言いたくなかった。

「テレサさんとの時間を邪魔したくなかったからよ……」

そう言い訳をすると……。

「嘘だね」

確信したような顔で私をジッと見つめる。

「う、嘘じゃないわよ」

「い〜や、本当は嫉妬したんだろ？」

「嫉妬なんか……」

私は一馬から視線を逸らして下を向いた。

「じゃあ、なんで、〝あおい〟であんなに俺につっかかってきたんだよ」

「そ、それは……」

なにか言えば言っただけ墓穴を掘りそうで、それ以上言葉が出てこない。自分が思っている以上に私の気持ちが一馬に向いていることを認めたくないと思う気持ちもある。

だって、もし認めちゃったら、恋愛経験がないだけに自分が彼に対してどんな行動をとるのか予測がつかなくて怖いんだもん。そうでなくても、こんなイケメンと私が付き合っていること自体が信じられないのに。今さらだけど……。

だから、彼の質問になんて答えれば正解なのかわからない。本心を伝えるべきなのか、悩んでしまう。

「——実、恋実？」

「えっ？」

一馬の声に我に返る。フッと顔を上げると、さっきまでソファに座っていたはずの一馬が、私の目の前に立っていた。

「もう一度聞くよ。本当は俺のこと、好きだよね？　好きだから、テレサが現れて動揺して、その場から逃げた。……そうだよね？」

一馬は私の手を取ると、優しく包み込むような目で私を見た。

やめてよ。そんな愛おしそうな瞳で見つめないでよ。小さな子供に言い聞かせるような優しい声もやめてよ。そんなふうに言われたら、悔しいけど認めざるを得ないじゃない。

「そ……そうよ。私のことを好きだと言って、『もっと一緒にいたい』と言ったかと思えば、金髪美女がいきなり現れて一馬に抱きついて、平気だと思う？　一馬もすぐにフォローしてくれればよかったのに、体を離すわけでもないし……。気持ちが一馬に傾き始めていたのに、あんな光景を目の前で見せられて、思った以上にムカッとしたのよ。……それが嫉妬だっていうなら、悔しいけどイエスとしか言えない」

顔を真っ赤にして、思いの丈を一馬にぶつけた。

ここまで自分の気持ちをさらけ出したことがなかった私はすぐに後悔したけれど、もう後の祭りだった。目の前にいる一馬は、会社では決して見せたことのない笑顔を見せている。

途端に、私の胸が高鳴る。

「うれしいけど……もうひと声だね」

そう言うと、一馬は私の頬に触れた。

「え？」

訳がわからず、首を少しだけ傾ける。

「だからさ、俺の質問にちゃんと答えてよ。『俺のこと、好きでしょ？』って聞いたでしょ。答えは？」

「そ、それはさっき――」

『さっき答えた』と言おうとしたが、頬を触った手が私の唇へ移動した。

「わかってるよ。でも、今は至ってシンプルな答えが欲しいの。で、どうなの？　俺のことをどう思ってるの？」

甘く囁くような声と私を見つめる目はとても優しくて、私はまるで魔法にでもかかったかのように一馬から目が離せなかった。

「好き……」

　恥ずかしくて、声も震えていた。

「もう一回言って？」

　一馬は目の前に人差し指を出しながら、うれしそうに言った。

「え？　なんで？」

『好き』と言うだけでもめちゃくちゃ勇気がいったのに……。今だって心臓がドキドキして破裂しそうなのに。もう一度なんて言えるはずがない。

「ずっとこの言葉を待ってたんだから、もう一回くらい言ってもバチは当たらないと思うけど？」

　一馬は腕を組みながら口角をグッと上げる。

「その一回にどれだけ私が緊張してるか、わかる？」

『素直にもう一度言えばいいじゃない』と、もうひとりの私が言っている。でも私にとっては『好き』という言葉を口にするのは、相当な勇気がいるのだ。なぜなら『好き』だと伝えた相手にこっぴどく振られた過去は、トラウマに近い思い出だから。

　でも、そのことを一馬は知らない。だから、わからなくて当然なのだけど……。

「じゃあ、今日はこれで最後にするから、もう一回だけ。お願い！」

グッと顔を私に近づけると、一馬は目をほんの少しだけ細め、口角を上げた。

うっ……その男前な瞳は反則だよ。

「……わかったわよ。……私は一馬のことが好き。これで――」

『これでいいわよね』と言おうとしたが、その言葉は一馬の唇で塞がれてしまった。

突然のことで目を閉じるのも忘れて固まっていると、そっと目を開けた一馬が微笑みながら唇を離す。

「ビビりすぎ」

一馬がクスッと笑う。

「だって――」

『急にキスするんだもん』と続く言葉は、一馬が私の唇に人差し指を当てたことで遮られた。

「目を閉じて」

一馬が私の耳に唇を当て、甘い声で囁いた。

私は魔法にかかったみたいにゆっくりと目を閉じる。

私の唇に一馬の唇がそっと触れた。私の反応を楽しむように触れたり離したりを繰り返す。そして、キスの合間に「好きだ」と甘い声で囁くと、私の唇を舌先で触れるようになめながら、ゆっくりとこじ開けた。

こんなキスは生まれて初めてで、私は一馬にしがみつき、なんとか応えようとする。だけどうまく息継ぎはできないし、体は火照ってしまい、自分がキスだけでこんなになるとは思わず、頭が真っ白になりそうだった。

だけど、好きな人とのキスはこんなにも幸せな気持ちになれるのだと知った。ずっとこうしていたいと思う。

しばらくして唇が離れると、一馬は私の両頬に手を当てた。

「恋実。唇だけじゃなく、体中にキスしたい」

一馬のとろけるような甘いひと言に、私は今までにないほどドキドキした。

恋愛経験が乏しい私でも、彼の言葉がなにを意味するのかはわかっている。でも、私に好きな人と肌を重ねる日が訪れるなんて、少し前までの私は思ってもいなかった。

断りたくないという思いはありつつも、未知の経験を前に当然、不安もあって、困惑していると……。

「俺は恋実を大事にしたいから。嫌だと思ったら無理はさせない」

一馬は私をまっすぐに見た。

その目に嘘はないと思ったし、一馬にならすべてを委ねてもいいと思えた。

「私、この歳になるまでこういう経験が一度もないのは知ってるよね？」

恥ずかしさで目を逸らしながら、正直に告白する。

すると一馬がギュッと私の体を抱きしめた。

「知ってるよ。キスだって俺が初めてだったんだからさ。でもそれは、きっと俺と再会するために待っていたってことだよ」

そんなふうに優しく言われて、心がギュッと締めつけられる。すごく緊張はしているけれど、一馬のひと言ひと言が私の体の中にすっと入ってくる。

「ふふっ。そうなんだ」

自然と笑みがこぼれた。

一馬は「そういうこと」と私に微笑んだ。

「だから、早く体中にキスさせて」

甘い囁きが耳をくすぐる。

私は一馬に手を引かれながら、真っ暗な寝室へと向かった。

大好きな人と……

真っ暗な部屋で、相手の顔もうっすらとしか見えない中でも、一馬は私の着ているセーターの裾を的確に持つと、まるで幼稚園の園児に対するように「はい、ばんざいして」と言った。

あまりにも普通に言うものだから、思わず両手を上げると、一馬は一気にセーターを脱がせた。私の両肩に手を乗せ、そのままゆっくりと押し倒す。

「ええ！」

いきなりの展開にびっくりする私を無視するように、一馬は白いシャツのボタンに手をかけた。

「ちょ、ちょっと待って。暗いのに見えるの？」

ムードの欠片もない私の言葉に、「あのな～」と一馬は呆れた声を出す。

だって、すべてが初めてのことで自分でもどうしたらいいのかわからないんだもん。覚悟を決めたといっても、決めきれない部分も正直あって……。とにかく、されるがままのこの状況に慣れておらず、プチパニック状態なのだ。

だけど、一馬の手はシャツのボタンを、ひとつ、ふたつ、みっつ……と手際よく外していき、私の緊張はもうピーク。とっさに自分の胸元を隠すように片手でシャツを握りしめた。

「れ〜み？」

『その手をどけろ』と言わんばかりの声で名前を呼ばれる。

「や……その……こういうのは本当に初めてで、どうしたらいいか……」

アタフタしながら、握りしめたシャツに視線を落とした。

「いや、お前の下着姿はもう既に見てるから」

一馬の笑いにも似た呆れ声が聞こえる。

そーだった！　あの日、私は下着姿を見られてるんだよね……。

「でも、でも……」

どう返事をしたらいいのか迷っていると、シャツを掴む手に一馬の手が重なる。そして、彼の髪の毛が私の頬をかすめた瞬間、私の耳にチュッとキスの音が聞こえた。

「緊張してるのは恋実だけじゃない。俺もすげー緊張してるんだ。だから、その手を緩めてくれ。じゃないと、体中にキスできないよ」

少し掠《かす》れた声が耳をくすぐる。

男の人の声を、初めて色っぽいと感じた。私はその声の魔法にでもかかったかのように、手の力を弱める。

だからといって、余裕なんかまったくない。心臓のバクバクが聞こえているんじゃないかと思うと恥ずかしさでいっぱいになり、思わず目をつむる。

布の擦れる音で、脱がされているのがわかる。

ドキドキしすぎてどうにかなりそう。

「恋実……」

一馬が私の髪をゆっくり撫でながら甘く囁いた。

「な……なに？」

「好きだよ」

ちょっと。このタイミングで言うのって、かなり反則じゃない？　だって、それだけで私までこの人を抱きしめたいって思っちゃうじゃない。

「ずるい……」

私は一馬のいる方をジッと見つめ、唇を噛んだ。

「え？」

「そんなふうに『好きだよ』って言われただけで、今すごく幸せだって思っちゃうんだもん」

「……バカ！　俺を煽《あお》んなよ。優しくできる自信がなくなってきたじゃねーか」

真っ暗な部屋だけど目が少し慣れてきたのか、一馬の顔が見える。乱暴な言い方なのに、それに反して私を見つめる瞳は優しかった。

その目に吸い寄せられるように私たちは抱き合い、キスをした。それから……一馬は私の体中に何度も何度もキスを落とした。


――ピピピ、ピピピ、ピピピ……。

「ん……」

スマホのアラームが鳴っていることに気がつき、目を閉じたままスマホの鳴っている方へ手を伸ばす。

「……‼」

ベッドとは違うゴツゴツした感触にびっくりして飛び起きた。

……って、前にもまったく同じようなことがあったよね。

でもあの時は完全に記憶がない状態で、下着姿だったことにアワアワしちゃったけれど……今回はしっかり覚えている。

ちらっと布団の中を覗くと、昨夜の出来事がものすごい勢いで巻き戻される。

そう、昨夜私は、横で気持ちよさそうに寝息を立てている一馬と熱い夜……いや私的には熱くて、恥ずかしくて、さらに痛くて……でも忘れられないほど幸せな夜を過ごした。

一糸まとわぬ姿を好きな人に見せるのがどれほど勇気のいることか、身をもって知った。

ベッドの下にはふたりの服が散乱していて、よみがえる生々しい記憶に顔が真っ赤になる。

でも……考えてみたら、私も一馬も今日は仕事だった！

いつも早めにアラームをセットしているけれど、すやすやと寝息を立てて熟睡している一馬を見ていると、起こすのがかわいそうになってきた。

それにしても、カッコいい人って寝ててもカッコいいんだな。悔しいけど、見ていて飽きることがない顔だ。

そんなことを思いながら寝顔をしばらく見つめていると……。

「いつまでジーッと見てんの？」

目を閉じたまま一馬がしゃべった。

「えっ、起きてたの⁉」

「でも、ここからの眺めはたまんねーな」

一馬がいたずらっ子のような目で私を見上げた。

ここからの眺め？　……って、ギャ〜！　私、上半身、いや全身なにも身につけてなかった。

慌ててベッドに潜り込むと、後ろから一馬にギュッと抱きしめられる。

「あ〜、恋実の体、気持ちいい〜」

猫のようにスリスリされ、こういうことにまったく慣れてない私はまたもプチパニック。

「ねっ！　それより仕事でしょ」

照れくささをごまかすように話題を変える。

家に一馬の着替えはないから、一度自宅へ帰らないといけない。

「あ〜そうだった。面倒くせ〜。もうちょっとイチャイチャしたいのにな〜」

そう不満を述べながら、一馬はむくっと起き上がった。自分の服を拾い上げながら、私の頭をわしゃわしゃする。そして、にやりと笑い「シャワー借りるね」と言ってから、服を持って寝室を出ていった。

「じゃあ、会社でな」

帰る準備を整えると、チュッと唇に触れるだけのキスをされた。

ぎこちなくうなずいたところで、ひとつ気になっていることを思い出した。

「あの……テレサさんって……いつまで一馬の家にいるの？」

だって、アメリカフェアは催事だから一週間はやるわけだよね。そうなると、少なくとも一週間は一馬の部屋で寝泊まりをするってこと。昨日はうちに泊まったけど、今日からはふたりきり。いくら相手が既婚者でも、一馬は男で、向こうは女優さんみたいに美人で……。

そう思うと、なんか……嫌だ。一馬がテレサさんと一緒に寝起きするなんて嫌だ。

「あ～、それね。大丈夫。しばらくはここから出勤するから」

一馬はしれっとした顔で私を見た。

「へ～、そうなん……ええ⁉」

うなずきながら、ちょっと遅れて言葉の意味を理解した私は驚いた。

「いや、昨日はバタバタしてて言うのを忘れてたんだけど、最初から俺はそのつもりでいて、テレサが日本にいる間は恋実んちから通勤するつもりだったんだよ。ただそれが一日早まったたってこと。とにかく、今日の晩飯を楽しみにしてる。てことで、俺は行くな」

「えっ？　あっ、は、はい……」

ドアが閉まり、私はしばらくの間、その場に立ち尽くす。

つい普通に送り出してしまったけど、ちょっと待って。これって、どういうこと？

催事が終わるまでここから出勤するって言ったけど、それってもしかして……いわゆる〝同棲《どうせい》〟ってやつ？

恋愛経験がほとんどない私に、昨日から今日にかけていろんな出来事がどっと押し寄せてきて、まったく頭が整理できなかった。


「――壁さん？　真壁さん！」

「は、はい」

「もう、今日はなんか変ですよ。これ、客注分の商品です」

名取さんがネクタイ三本と伝票を私の前に差し出した。

変だと言われても反論できない。だって今日の私は、気づけば一馬のことばかり考えてしまっている。

人を好きになると、こんなにも相手に振り回されるものなのだろうか。恋のパワーは想像以上に怖い。

「ああ、これ。中根《なかね》様の商品が届いたんだね。ありがとう」

なんとか気持ちを入れ替えて仕事に専念しなくちゃと思うけれど、同じフロアで働く超イケメンの上司が彼氏なせいで、つい無意識に目で追ってしまう。

一馬は、斜め前の売り場でなにやら主任と真剣に話している。

「やっぱりカッコいいですよね～、土屋課長」

私の隣で名取さんが目を輝かせた。

「そ、そう？」

無関心を装ってみたけれど……。

「ええ！　真壁さんも今、ジーッと見ていたじゃないですか！」

名取さんにはバレていたようだ。

「そんなこと……」

「ついに真壁さんも課長のよさに気づいたんですね。でも私、今回は本気ですから」

表情をコロコロ変え、ジェスチャーを加えながら、念を押される。

「本気で？」

「はい。昨日、真壁さんは休みだったじゃないですか～。実は、小野寺《おのでら》主任と土屋課長が行く予定だった展示会なんですが、小野寺主任のご両親が急に入院されることになって昨日から休んでるんです。それで、急きょ私たちの中から誰かが行くことになって……。確か、いつも展示会は真壁さんですよね。でも私たちも行ってみたいって次長にお願いしたら『いいよ』って言われて、それで私が行くことになったんです」

「そうなの？」

年に二回、メーカーが新作を発表する展示会があるのだが、毎年主任以上一名と私たちのような一般従業員が行くことになっている。誰も行きたがらないから、毎年のように私が行かされているのだが、今年は一馬が海外から異動してきたこともあり、今回に限り一般従業員は同行せず、小野寺主任と一馬が行くことになっていた。

「こういうチャンスは逃さないのが私のやり方なんです。展示会が終わったら、食事に誘って、そこで思いきって告白しようかなって思ってるんです」

名取さんは目をキラキラさせていた。

その輝きは、展示会に行くことではなく、一馬とふたりきりになれることからきているのは明らかだ。でも、もしこれが名取さんではなく私が行くことになっても、きっと私も同じ気持ちだったと思うと複雑な思いだった。

「かず……いや、土屋課長は名取さんが一緒に行くことになったのはもちろん知ってるのよね？」

「もちろんですよ～」

「そうだよね。だけど売り場の代表で展示会に行くんだから、ちゃんと仕事するのよ」

一馬とのことを『頑張って』とはとても言えず、わざと無表情を作っていつものように淡々と伝えるのが精いっぱいだった。

「わかってますって～」

名取さんは口を尖らせながらも、自信ありげな笑みを浮かべていた。

私はモヤモヤする気持ちをかき消すかのように、仕事に集中しようと、客注が入荷したことを連絡するため、お客様に電話をかけ始めた。

まさか、この客注のお客様を巡って、私のつらい過去がよみがえるとは思いもよらずに――。

嵐の前触れ

昨日、一馬は仕事が終わると、一度、荷物を取りに自分のマンションへ戻り、スーツケース持参で私の二DKのマンションにやってきた。

テレサさんの来日がきっかけで、私たちの同棲が始まった。といっても、一週間弱という短い期間だ。

それでも、大好きな人と一緒に過ごせることがうれしくて、なんだかふわふわとした夢見心地な気分になる。

ふたりでコーヒーを飲みながら、朝の情報番組の鍋特集を見ていると……。

「明日は早く上がれそうだから、晩ご飯は鍋でもしようか？」

きっと海外にいたころは鍋なんかやらなかったのだろう。一馬はテレビを食い入るように見ながらつぶやいた。

「鍋、いいね。うん、鍋にしよう……あっ！」

「なに？」

「うち、ひとり用の鍋しかなかった」

肩をすくめる私の頭を一馬はわしゃわしゃと撫でる。

「じゃあ、食材と一緒に大きめの鍋も買いに行こう」

「……うん」

私は笑顔で答えた。

なぜだろう。頭を撫でられただけで、言葉では言い表せない幸せを感じる。

この時間がこのままずっと続けばいいのにとさえ思うほど、私の気持ちは完全に一馬に向いていた。

「そういえば、テレサが直接謝りたいから一度会えないかって」

ふと一馬が思い出したかのように言った。

「テレサさんが？」

「そう。しかもあの時、彼女がいるならもっと早く教えろって、かなり怒られたんだよ」

「だったらテレサさんには、怒ってないから一緒にお食事でもしませんか？って伝えて」

一昨日のことがなければ、お互いに本音をさらけ出せなかった気がする。むしろ感謝したいくらいだ。

「お安い御用で」

「でも私、英語はからっきしダメだから、ちゃんと通訳してね」

「了解」

そう言うと、一馬は立ち上がって飲みかけのコーヒーを飲み干し、カップをテーブルに置いた。そして、ソファの横にある姿見の前に立つ。

私は朝食の後片付けを早々に済ませ、身支度を始めようとクローゼットへ向かった。

「恋実〜」

背後から私を呼ぶ一馬の声が聞こえた。

「なに？」

「ネクタイ、近くにあるだろう？　なんでもいいから持ってきて」

「わかった〜」

自分の着る服をさっと選ぶと、ネクタイ用のハンガーに目をやる。

すると、数あるネクタイの中に見覚えのあるネクタイが二本あった。手に取り裏側を見ると、うちでしか取り扱っていないブランドだった。

これ、初めて一馬と出会った時に私が選んだやつかもしれない。

胸の奥がジーンとして、思わずネクタイを握りしめる。

「お〜い。いつまで選ん──」

しびれを切らして近寄ってきた一馬が、私の握っているネクタイを見て目を細めた。

「そう、これこれ。恋実が選んでくれたネクタイ。ロスにいた時お守り代わりにしててね、なにか大きな商談があるとこのネクタイをしていたんだ」

「え？」

そう懐かしそうに言うと、私の手からそのネクタイを軽く引っ張った。

「今日はこれにする」

「あ、うん」

買ってから随分経つのに今も大事に使ってくれていることにうれしさが増した。

「俺、もう十分くらいしたら行くよ」

一馬が私の唇にチュッとキスを落とした。

「わかった」

ちょっと前までキスをするたびに過剰反応で身構えてしまっていたのに、笑顔で言葉を返せるようになったのは大きな進歩だ
ただ、同じ会社に勤めているからといって、一緒に通勤する度胸はない。というより、私に彼氏がいることは伏せておきたかったから、時間をずらして出勤していた。

帰りも、一馬と時間が合えば会社から離れた場所で待ち合わせることもあったけど、実際は私より課長である一馬のほうが多忙だから、一緒に帰ることはほとんどなかった。

でも明日は一緒に土鍋を買って、鍋ができる。テレサさんが帰国するまであと数日となったけれど、それまでは楽しもう。

私はワクワクした気分で身支度を始めた。

「真壁さ〜ん。すみません、休憩中だったのに……」

名取さんが申し訳なさそうに手を合わせた。

お昼休憩が終わるまであと二十分ほどあったのだが、名取さんから電話がかかってきて、私は急いで売り場に戻ってきた。

実は、先日客注品が届いたと連絡した中根様がご来店くださり、どうしても私に用があるからと、休憩が終わるまで待っているとおっしゃったのだそうだ。

平日であまりお客さんがいない時間帯に名取さんと中根様のふたりきり。間がもたないからどうしようと、名取さんから電話で助けを求められた。

中根様は個人で設計事務所をやっていて、年齢は五十代前半の、とてもダンディーでオシャレな方だ。随分前からのお得意様で、最初に選んで差し上げたカフスが周りに高評価をもらったことがきっかけで、用事がある時は必ず私を指名してくださるようになった。名取さんの間が持たないというのは、カッコよすぎてドキドキしちゃうという意味でもある。

「いいよいいよ。それより、中根様は？」

私物袋をカウンター下に入れながら名取さんを見る。

「今ネクタイを見ていらっしゃいます。でも、今日はおひとりじゃないんですよ〜。しかもお連れの方もめっちゃカッコよくて……ドキドキが半端ないです。でも中根様、真壁さんじゃなきゃダメっぽいし〜」

もったいないけど仕方がない、といった様子で名取さんは口を尖らせた。

「了解。ありがとう。それより名取さんは一番まだでしょ？　行ってきていいよ」

客注品を引き出しから出しながら、名取さんに声をかける。

「いいですか？　じゃあ、そうします」

「うん、行ってらっしゃい」

「あ、そうだ。真壁さん……」

「なに？」

伝票を見ながら返事をすると……。

「なんか最近すごく声が柔らかくなったような気がするんですけど、なにかありました？」

「そ、そう？　そんなことより私、中根様の接客があるから」

名取さんは興味津々な目で私を見たが、まさか『彼氏ができた』なんて言えない私はその話題を軽くスルーした。

名取さんは腑に落ちないといった表情を見せつつも、私物袋を持って休憩に行った。

名取さんの姿が見えなくなると、私は大きなため息をついた。

仕事より恋愛というスタンスの名取さんの洞察力をなめてたらヤバい。ていうか、私そんなに変わった？　いやいや、今は仕事仕事！

大事なお客様を待たせてはいけないと、客注品を持って中根様の元へ急ぐ。

「中根様、お待たせいたしました」

「真壁さん。休憩中だったのに申し訳なかったね」

中根様は申し訳なさそうな表情を見せながら軽く頭を下げた。

「いえ、こちらこそお待たせしてしまい申し訳ございませんでした。ご注文の品はこちらでございます」

確認のため商品を差し出すと、中根様はちらっと見ただけで「いいよ」と軽く手を上げた。

「ありがとうございます。他になにかお探しのものはございますか？」

「今日は僕じゃなくて、コイツ。俺の息子なんだけど、ネクタイを一本選んでほしくてね」

中根様は後ろを向いて、財布を見ている男性の肩を軽く叩いた。

振り向いた男性は長身で、流れるような緩やかなヘアスタイルに、くっきりした二重は、お父様にとても似ていた。すっと伸びた鼻と形のいい薄い唇、そしてフレームのない眼鏡をかけ、確かに名取さんの言うとおり、めちゃくちゃカッコよかった。

「こんにちは。よろしくね」

ほんの少し首を傾けて軽く会釈する息子さんに、私も慌てて「いらっしゃいませ」と頭を下げた。

でも、なんとなくどこかで見たことがある気がする。

そう思いながらゆっくりと顔を上げた時だった。

「息子の翼《たすく》っていうんだけど」

中根様は息子さんの横に立ち、彼の名前を私に告げる。

この流れはもしや縁談？と嫌な予感がしたが、名前を聞いて動きが止まった。

「えっ」

聞き覚えのある名前に驚く。

翼。中根……翼。中根 翼!?　嘘……！

その瞬間、目の前が真っ白になった。

「翼、この店員さんがいつもセンスのいい物を選んでくれる真壁さんだ」

中根様は笑顔で息子さんに私を紹介する。

「真壁……さん？」

息子の翼さんもなにかを感じたのだろう。私の顔をジッと見つめた。

ヤバい、お願い、思い出さないで……。

視線を下に向けるが、もう心臓は痛いほどバクバクしている。

「え!?　もしかして……真壁恋実？」

眼鏡をかけてないからごまかせるかもと思ったが、やはりバレてしまった。

どうしよう……。どうしたらいい？

パニック寸前の頭の中で一生懸命考え、何事もなかったかのように振る舞うしかないと自分に言い聞かせて顔を上げた。

「お久しぶりです……翼くん」

消え入るような声で、なんとか挨拶をする。

翼くんはあの時のことを思い出したのか、ニヤリと口角を上げた。

「ホントお久しぶりだね～、れ～みちゃん。眼鏡をかけてなかったから最初は誰かと思ったけど」

私は今すぐこの場から逃げ出したい気持ちでいっぱいだった。なぜなら彼は、私の初恋の相手であり、私が人を好きになることをやめた原因を作った張本人でもあったから……。

「なんだ。ふたりは知り合いだったのか⁉」

私が青ざめている横で、中根様は私たちが知り合いだったことがうれしかったのか、満面の笑みで私と翼くんを見ている。

「ああ、高校の同級生で二年の時に同じクラスだったんだ、よな？」

含みのある顔が怖くて、私はただうなずくことしかできなかった。

もし中根様が常連のお客様でなければ、この場を誰かにバトンタッチしたいけれど、指名されている身では無理だ。なんとか何事もなく終わってほしい。

余計な会話は極力避けよう。

そう思いながら気持ちを切り替える。

「あの……ネクタイをお探しなんですか？」

「あ～、そうだった。まずはそっちを片づけておかなくちゃな」

中根様はハッとしながらネクタイのある方へと移動した。

しかし私は、彼の『まずは』という言葉に引っかかりを感じ、嫌な予感しかしない。

「実は、コンペに応募した息子の作品が大賞をもらってね。その受賞パーティーが来週あるんだよ」

中根様は誇らしげに翼くんの肩をポンポンと軽く叩いた。

「そうなんですか。それはおめでとうございます」

私は視線を合わせないようにしながらも、作り笑顔を浮かべる。二度と会いたくなかった人ではあるけれど、賞を取るのは素直にすごいと思えた。

「いや、学生のころはチャラチャラしていて、どうしようもないヤツだったんだけどね～。この歳でようやく社会人らしくなって、やっと心配の種が減ったよ」

そう言って中根様は目を細めて喜んでいるけれど、私はよく知っている。この男の本性を。

「うるさくてごめんな。親バカなんだよ」

翼くんは苦笑いをするものの、私は別の意味で苦笑いだ。とにかく用事を済ませて早く帰ってほしかった。

「それで、コイツに似合うネクタイを選んでくれないかな。君の選んでくれたものはハズレがないから」

そう言ってもらえるのはありがたいが、今回ばかりは遠慮したいのが本音だ。だけど、そういうわけにはいかない。

「かしこまりました」

私はいつもどおり、顔や雰囲気を見て、何本かのネクタイを差し出した。もちろん予算はあるだろうが、今回はお祝い事だということで、中根様が普段購入している価格帯からワンランク上のものにした。

「この辺りのものがお似合いではないかと思いますが……」

不本意だが、鏡の前で翼くんの首元にネクタイを当てて見せる。

「いかがですか?」

あくまでも事務的に話す。

「うん、このシルバーの光沢のあるネクタイはいいね」

翼くんは鏡を見ながら満足そうにうなずいた。

「パーティーにはどのようなスーツを着られるんですか？」

「ブラック系のストライプ」

「でしたら、もう少し濃い色のシルバーでもお似合いかと思います」

そう言って、私は濃い目のネクタイを彼の首の位置に当て、鏡越しに彼を見る。

キリリとした男らしい眉に眼鏡の奥のくっきり二重。悔しいけど、バランスの取れた顔立ちは高校時代から変わらない。正直な話、この人にはなんでも似合う。

「じゃあ、これをもらうよ」

決断の速さも変わってない。

「ありがとうございます。それでは――」

プレゼント用の包装をするかどうかを聞こうとした時、なぜか私は翼くんに腕を掴まれた。

「あとは……恋実もだよな？　親父」

翼くんは私に笑顔を向けた。

「はっ？」

彼がなにを言っているのか、まったく理解できなかった。

なにが〝私も〟なの？

目を普段の一・五倍ほど大きくして、翼くんと中根様を交互に見る。

「いや〜、前にも真壁さんに『うちの息子に会ってくれないか？』って話したが、断られただろ？　どうしても諦めきれなかったんだよ。それなら本人をここに連れてきちゃえばいいと気づいてね。息子も『会うだけなら』って言ってくれたし。でも、ふたりはまさかの知り合いだっただろ？　なんだか運命を感じちゃうよ」

中根様はかなりご機嫌な様子だけど、冗談じゃない。勝手に運命を感じないでほしい。こっちはあの過去を封印したいと思っているのに……。第一、この男がそれを望んでいるわけがないじゃない。だってこの男は、私の乙女心をズタズタにしたのよ。

「あの……申し訳ありませんが、こういったことは本当にお受けできないんです」

深々と頭を下げる。

すると、頭上で翼くんがとんでもないことを口にした。

「俺、恋実だったらいいよ」

「はい⁉」

思わず素になって驚く私の耳元に、翼くんが唇を寄せる。

「今度こそ俺が、お前の名前どおり、恋を実らせてやるよ」

そう言って、ニヤリと笑った。

第五章　恋が出来なくなった理由《わけ》

恋実の初恋

——あれは、高校二年の時だった。

普通高校に通っていた私は、今こそコンタクトをしているが、当時は度の強い、ぶ厚い眼鏡をかけていた。クラスで仲のいい友達も私同様にクラスで目立たない子たちで、明るくてよくしゃべるような子たちとは一線を引いていた。

たまに男子に声をかけられたとしても、しどろもどろに話す私を面白がるようにほくそ笑んだり、恋実という名前と顔のギャップが大きすぎるとからかわれることがほとんど。だから、なるべく存在を消して平和に卒業できればいい。そう思って過ごしていた。

そして、同じクラスの中心的存在で、校内でも一、二位を争うイケメンが、中根翼だった。頭がよくて、いつも明るく、誰とでも分け隔てなく人と接する姿は王子様のようだった。

もちろん私にも、同じように笑顔で接してくれた。時には、先生に頼まれて職員室にクラス分のノートを持っていこうとすると半分持ってくれたり、夏の暑い日の花壇の水やりをひとりでやっていると手伝ってくれたりもした。

そんな彼に対して、私に恋心が生まれるのは必然で、これが私の初恋となった。

きっと、そう思うのは私だけではなかった。多くの女の子が彼に恋をしていただろう。

だけど意外にも、翼くんには彼女がいなかった。女子に告白をされても、決して首を縦に振ることはなかった。しかも、断り方ひとつにしても相手に思いやりのある言葉を選んでいるようで、振られたにもかかわらず『好きでいさせてくれてありがとう』とお礼まで言う子がいたほどだった。

私はというと、告白する勇気もなにもなく、ただ好きだという気持ちだけで満足していた。

そんな私に転機が訪れたのは、夏休みだった。

本が好きで、暇さえあれば学校の図書室で本を読み、続きがどうしても読みたい時にはそのまま借りて翌日に返し、また次の本を読んで……というのが唯一の楽しみで、夏休みのほとんどを家よりも図書室で過ごすことが多かったほどだ。

市の図書館に行けばエアコンも効いていて本もたくさんあるのに、なぜか私は学校の図書室に足繁く通った。人気がなく静かな雰囲気が、私には心地よかったのだ。

それに、すごく風通しがよくて涼しい、真夏でも快適な席があることを私は知っていた。

そんな七月の終わり。いつものように図書室で本を物色し、読みたい本を選んだ私は、まっすぐお気に入りの場所へ向かった。

「あっ……」

そこには、既に先客がいた。しかも、その先客は……。

「翼くん……」

初恋の相手である翼くんだった。

「あれ？　恋実ちゃん」

翼くんは少し驚きながらも笑顔を私に向けた。

びっくりしたものの、先客がいたら座れない。今までこの席をとられたことがなかった私はどうしたらいいのかわからず、その場に立ち尽くした。

「どうしたの？　座らないの？」

「え？　……あっ、いいの……ごめん」

今日は本を借りて家に帰ろう。

そう思って回れ右をした時、背後から声がかかる。

「もしかして、ここって君の指定席？　どうぞ」

振り返ると、翼くんは自分が座っていた椅子の隣に移動して、頬杖をつきながら私のお気に入りの席を指さした。

「いや……その……」

いくら席を空けてくれたからといって、学校の王子様の隣になんてとても座れない。

「いいです」と手をぶんぶん横に振ると、翼くんは目を細めた。

「恋実ちゃんがいつもここで本を読んでいることを知ってて、わざとここで待ち伏せしてたって言ったらどうする？」

予想外の言葉に、私の鼓動はバクバクと激しく波打った。

まさか……。だって、今まで話したことがあるといっても、挨拶プラスアルファ程度。特に共通の趣味があるわけでもない。それなのに、なぜ私がここで本を読むことが好きだと知ってるの？　この場所はごくわずかな友人、しかも女の子にしか話していない。私をからかっているの？

そう思うも、これまでの彼の姿を見ている限り、それはありえなかった。なぜなら翼くんはみんなの王子様だから。

「待ち伏せって……。なにか私に用事でも？」

憧れの彼を前に緊張しすぎて、これ以上の言葉が見つからなかった。

「ちょっと前かな……君がここで本を読んでいるのが外から見えたんだ。その時の横顔がとてもキレイで、ドキッとしたんだよ。こんなことを言っても信じないかもしれないけど、そんなふうに思ったのは僕も初めてで……。でも、それがきっかけで君に興味を持った。どんな本を読んでるのかな?とか、普段はどんなことに興味があるんだろうとかね」

翼くんは頭に手をやり、言葉を選びながら恥ずかしそうに話した。

今、翼くんの口から発せられた言葉が全部私に向けられているものだなんて、信じられなかった。

もしかして夢でも見ているんじゃないの？　そうでなければ……新手の嫌がらせ？

こんな経験は本当に初めてで、どう言葉を返せばいいのかわからず、頭の中が真っ白だった。

「……びっくりしたよね」

翼くんの言葉に、私は大きくうなずいた。

「自分でもびっくりしてる。ていうかさ、いい加減ここに座ったら？」

翼くんは自分の横の席を指さすと、おいでと手招きをした。

こんな光景を誰かに見られたらなにを言われるかわからない。でも、ここで座らずに帰るのは翼くんに対して失礼だよね……。

周りをキョロキョロと見渡して誰もいないことを確認すると、私は手に持っていた本を握りしめながら遠慮がちに座った。

私が隣に座ったことに安心したのか、翼くんは体を後ろに反らしながら、「よかった～」とつぶやいた。

「これで帰られたら俺、どうしようかと思ったよ。で、どんな本を読んでんの？」

翼くんはゆっくり体を起こすと、私の持っている本をさっと取り上げ、自分の手に乗せた。

「へ～、『源氏物語《げんじものがたり》』か～」

感心するように言われた。

「あっ、でもこれは、わかりやすく現代の言葉に直したもので……」

「そうなんだ。やっぱ、憧れる？　源氏の君に」

翼くんは少しだけ顔を傾けながら私の反応を見ている。

「憧れる部分もあるけど、いろんな人と恋をするような人だと恋人になったらヤキモキして疲れちゃうから、彼氏にはしたくないタイプかも」

「俺もできないな～、いろんな女の人と付き合うなんて。やっぱ俺は一途でいたいな」

私の目をジーッと見つめながら言われ、途端に顔が火照る。

「そうなんだ」

私は真っ赤になった顔をハンカチで仰いだ。

「うん。一途だよ」

まるで私に向かって言っているように思えて、ますます鼓動が速まる。ドキドキしすぎて、翼くんに言葉を返すことができなかった。

しかし、このことがきっかけで、私の夏は今までにない夏となった。


「ね？　行こうよ～」

図書室デートが定番になりつつあった八月の初め、翼くんは一枚のウチワを私の前に差し出した。そこには、花火の写真と夏祭りの日程が書いてある。

そう、私は翼くんから『一緒に夏祭りに行こう』と誘われたのだ。

「でも……」

もちろん、即答などできなかった。

だって相手は翼くんだよ？　うちの学校の女子のハートを独り占めしている彼と一

緒に夏祭りになんて行けば、絶対にバレてしまう。それだけは、絶対に困る。

「じゃあさ、こうしよう。夏祭りの最終日に花火大会があるだろ？　実は穴場を知ってるんだ」

そう言って翼くんは、困惑する私の頭を撫でた。

「穴場？」

「そう、会場から少し離れてるんだけど、花火がすごくキレイに見られる場所があるんだよ。たぶん知ってるのは俺ぐらいだから、誰にも見られずに済むはず。それならいい？」

「それなら――」

『いいよ』と返事をする前に、翼くんはものすごくうれしそうにガッツポーズをした。

しかし私は、彼をここまで喜ばせるほど自分に魅力があるとは正直思えなかった。

実は初めて告白めいたことを言われた日の夜、私は自分の横顔を、鏡を使って見てみた。だけど翼くんが言うほどキレイだとはまったく思えなかったし、今もなんだか地に足がついていないような感じだ。

「ねえ、恋実ちゃん」

「なに？」

「もうひとつお願いがあるんだけど……」

翼くんは手を合わせながら上目遣いで私を見た。

「なに？」

「ゆ・か・た」

「え？　浴衣？」

「そう！　恋実ちゃんの浴衣姿が見たいな。俺も浴衣を着るからさ～」

浴衣は持っているけど……でも恥ずかしいな……。

私は即答できず返事を渋っていると……。

「ね、いいでしょ？」

翼くんが私の顔を覗き込んだ。

あ～、この人の笑顔に私は弱いのだ。

「いいけど……期待しないでね」

すると翼くんは、私の手をギュッと握って「やった～！」と王子スマイルを見せた。


約束当日、白地に紺の大小の撫子《なでしこ》と薄いピンクの小さな撫子の柄が描かれた浴衣と水色の帯を身につけた。髪の毛はお母さんにキレイにアップにしてもらい、帯と同じ水色のかわいいシュシュをつけた。そして、普段は眼鏡をかけているが、今日はコンタクトに変えた。

これなら、万が一学校の子たちに見られたとしてもバレないと思う。

自分で言うのもなんだけど、少しはあか抜けて見えた。同時に、翼くんはどんな顔するかな？と想像し、急にドキドキしてきた
もちろん翼くんとデートだとは言えず、お母さんには女友達と花火を見に行くと言って家を出た。

秘密の場所で、ふたりきりで花火を見るなんて、すごくロマンチックだ。なんだか漫画や小説みたいなシチュエーションだと、ワクワクが止まらなかった。

約束の時間よりかなり早く家を出た私は、時間をつぶすためにお祭り会場へ向かった。花火を見ながら食べられるものがあればいいなと、露店を見ながら歩く。

しばらくすると、リンゴ飴《あめ》を売っている店を発見した。私はリンゴ飴の小サイズをふたつ買うと、その隣の店でミニカステラも調達した。

そして待ち合わせ場所へと向かおうとした時……。

ミニカステラの露店の斜め前方の神社に、同い年くらいの男の子たちが数人、階段

のところに座っているのが目に入った。なんと、その中には翼くんもいた。

どうしたんだろう。私と会う前に男友達と遊ぶ約束でもしてたのかな？　でも、こんなところで私と会うことがバレたら、翼くんに迷惑かけるよね……。

そう思って死角になる場所まで移動していると、なにやら楽しそうに話す声が聞こえてきた。その話の内容に、私は凍りついた。

「翼～、本当に来るのか？」

「あの調子だと、ぜってー来るな」

翼くんは口角を上げて自信に満ちた表情をしている。

「マジかよ～。俺、来ないほうに千円かけたのに～」

「でもよ、約束の時間に浴衣を着てきたら、だからな」

「わかってるよ」

えっ、どういうこと？　浴衣とか、千円かけたとか……。

「でもさ、翼もひで～よな。真壁の名前が、恋が実るって書いて恋実ってだけで、『あいつの顔で恋なんか実らね～ってことをわからせてやる』なんて言いだして……。今ごろ、お前のことを『私の王子様～』とかって思ってんじゃね？　この腹黒鬼畜王子が」

「いいじゃん。そのおかげで、お前らだって今年の夏休みはいつもより面白いだろう？」

ほんの少し首を傾けた翼くんは、普段学校では見せないような含みのある笑みを浮かべていた。

翼くん、いったいなにを言ってるの？　もしかして私、翼くんにからかわれてただけ？　気になってるとか、横顔がキレイだとか……あれは全部嘘だったの？

今日までの幸せな日々が頭の中を駆け巡る。それがすべて嘘だった事実に、体中が一瞬で震えだし、持っていたリンゴ飴とミニカステラが地面に落ちた。

リンゴ飴がころころと転がって、運悪く翼くんたちの方に向かう。

それに気づいた翼くんの友達が、私を見た。

ヤバい！と焦ったけれど、彼は笑顔だった。どうやら眼鏡をかけていなかったため、私だとは気づいていないようだ。

しかしホッとしたのも束の間、別の友達が「おい！　やべーよ」と言いながら、私に近づいてきた。

どうしたの？　もしかして、バレちゃった⁉

動揺しすぎて、その場から逃げ出すこともできない。

すると男の子の一人が「ねぇ、君すごくかわいいじゃん。ひとり？」と声をかけてきた。

本当に私が真壁恋実だと気づいていないようだ。

でも、あまりのショックの大きさに体が思うように動いてくれない。

どうしよう……。

そう思っていると、翼くんたちが一歩一歩と近づいてくる。その時に翼くんと一瞬、目が合う。

翼くんはハッとした表情を見せると、確かめるようにさっと一歩前に出て私の顔を覗き込んだ。

「もしかして……真壁恋実？」

声を出したら今にも泣きだしそうで、私はグッと唇に力を入れて睨んだ。

すると翼くんは、驚きを隠せない様子で視線を泳がした。

「もしかして……今の話、聞いてたよね」

は～っと大きなため息を漏らすと、彼はゆっくりと私の前までやってきた。

一瞬だけ後悔の表情を見せるも、次の瞬間には今まで見たことのない冷ややかな目をした。そして、「は～い。俺の勝ちね～」と手をパンパンと叩きながら、私に背を向けた。

私は放心状態で、なにも言い返せずにその場に立っていることしかできない。

一緒にいた男の子たちはバツの悪そうな顔をしながらチラチラと私を見ている。だけど、翼くんだけは開き直った顔でもう一度私を振り返った。

「いくらいい名前でも、できることとできないことってあるんだよね〜。恋が実ると書いて、恋実ちゃん。本当に残念だね」

「ひ、ひどい……」

手がぶるぶると震えだす。

「私の名前が翼くんに迷惑かけた？」

泣きそうになる気持ちをグッとこらえた。

すると、頭上から冷たいひと言が降りてきた。

「迷惑？　そうかもね。アンタの名前がキラキラしすぎてキモイんだよ」

そう言うと、翼くんは一緒にいた男の子たちに「行こうぜ」と声をかけ、人混みに消えていった。

そして迎えた、二学期。

錘《おもり》でもつけたかのように重い足取りで登校すると、既に教室にはクラスの八割ぐらいの生徒たちがいた。その中には翼くんもいて、周りにはたくさんの人たちが集まっている。彼は相変わらず爽やかな笑顔を振りまきながら、楽しげにしゃべっていた。

でも、私は忘れない。あの氷のような笑みを浮かべて私に言ったことを。

だけど、そのことを誰かに言うつもりはない。だって、あの笑顔の翼くんを見て、誰が信じるだろう。

とにかく私は、二年が終わる残りの半年を、何事もなかったように過ごすことにしたのだ。

二学期が始まって数日が過ぎたころ、相変わらず私は存在をかき消すように学校生活を送っていた。唯一安心できる場所は図書室で、放課後になれば、前にも増して本を読むことに没頭した。

だけど私がお気に入りだった場所にはもう座っていない。夏休みのことを思い出したくなかったから。

今日も授業が終わると図書室へ足を運び、空いている席に座ると、早速本を読み始めた。

しばらく読書に集中していると、誰かが私の隣の席に座る気配がした。

「相変わらず本が好きなんだね」

聞き覚えのある柔らかな声に、私の心臓は凍りついた。顔を見ずとも、それが誰なのかすぐにわかる。でも、もう二度と関わりたくない。

私は無視するかのように本から目を離さずにいた。とはいえ、ただ見ているだけでなにも頭には入ってこない。読んでいるふりをしているようなものだった。

「はあ～、無視かっ」

翼くんが頬杖をつきながら大きくため息をつくのが視界の端に入る。

動かないところを見ると、帰る気はないようだ。このままでは私がなにかを言わない限り、状況は変わらなさそうだ。

「今さらなんですか……」

感情を押し殺して淡々と話す。

「あれ？　冷たいな～……って、俺のせいだもんね～。アハハ。いやさ、俺、卒業するまでは誰にでも優しい翼くんでいたいんだよね。特に女の子の前ではさ。だけど、本当の俺を知ってる女の子がここにいるわけじゃん」

少し首を傾けながら私を見る。

「……誰にも言いませんから」

「そっか。言いたいこと、わかってくれちゃってた？　さすが恋実ちゃん」

「とにかく、誰にも言わないから私には金輪際、話しかけないでください」

翼くんが視界に入らないように眼鏡に手をかけた。

「大丈夫だよ。俺も今日はそのつもりでここに来たんだから」

翼くんは、ニヤリと笑うと静かに席を立った。そして二、三歩進んだところで急に立ち止まり、振り返った。

またなにか言われるの？と警戒していると……。

「それと……眼鏡、似合わないよ。じゃあね」

そう言い残して、立ち去っていった。なぜか、その時の顔は少し悲しげに見えた。

しかし、このことをきっかけに、私は自分の名前を大嫌いになり、『恋なんか二度としない』と決意したのだった──。

恋に悩みはつきものです

「は～……」

なんで、こんなことになったんだろう。

中根様が帰った後、私はレジカウンターの横で何度目かのため息をついた。状況が変わらないことはわかっている。なんで私はあの時、一馬という彼氏がいることを中根様にも翼くんにも言えなかったんだろう。

いや、あれはとても言えるような状況じゃなかった。一番会いたくない人からお見合いみたいなことを言われて、動揺してしまった。もちろん、その気はまったくない。

それにしても、翼くんはなぜあんなことを言ったの？　父親のいる前で言うのだから、あの時のように私を単にからかいたかっただけとは思えない。いや、そんなことより、今日のことを一馬になんて報告すればいいんだろう。せっかく明日は久しぶりに一緒に帰って買い物に行けるのに……。

「は～」

「珍しいですね、真壁さんがため息なんて」

「え？」

横を向くと、休憩から帰ってきた名取さんが立っていた。

「さっきのお客様は帰られたんですか？」

「中根様のこと？」

「そうですよ。あれ、息子さんですよね～。めっちゃカッコよくなかったですか？

土屋課長もいいけど、さっきのイケメンもタイプだな～」

名取さんはニコニコしながら私物袋をしまう。

……名取さんが休憩中でよかった。もし近くにいたら、なにを言われるか。

一瞬ほっとしたものの、当の問題はまったく解決していない。このまま売り場にいてもさっきのことばかり考えて、まともな接客ができる気がしなかった。

「名取さん、ごめん。ちょっとバックヤードで値付けしてくるから、売り場のほうをよろしく。なにかあれば呼んで」

「あっ、はい……って、あ～！　真壁さん⁉」

名取さんが慌てた様子で左手を上げる。

「なに？」

「言うのを忘れてたんですけど、明日、早番と遅番を代わってもらえませんか？」

「明日?」

　でも、明日は一馬と……。

　嫌な予感がして歩みを止める。

「さっき休憩に行く前に課長から言われたんですよ～。明後日に行く予定だった展示会、課長のほうに大事な会議が入ったみたいで、『明日にしてくれ』って。いつ戻ってこられるかわからないので、それなら早番と遅番を代わってもらったほうが時間も気にせずにいいかなと思って」

　上目遣いで、とてもうれしそうに話す。

　えっ、そうなの?　なにも聞いてないけど……。ていうか、今日はほとんど一馬の顔を見ていない。……なんだ、せっかく明日は鍋ができると思ったのに。これは無理そうかな。

「……わかった。じゃあ、明日は私が遅番ね」

「ありがとうございます、真壁さん!　そうだ、私、明日は課長を食事に誘ってみようかと思ってるんですよ～。もういくつかお店はピックアップしてあるんですけどね。絶対に頑張ります!」

　ガッツポーズを見せる名取さんに、私はただうなずくことしかできなかった。

そうだった。ここにも悩みの種がひとつあった。でも、この状況で『私たち付き合ってます』なんて、とても言えない。もう、いったいどうしたらいいのよ～。

私はガクッと肩を落としながらバックヤードへと向かった。


「恋実」

バックヤードで、値付け作業をしていると、後ろから名前を呼ばれた。

「課長……。会社で下の名前を呼ぶのはやめてくれませんか？」

振り向きもせずに答えると、一馬は壁に右半身をもたせかけ、腕を組んで私を見下ろした。

「すみませんね、つい癖で。ところで、明日なんだけど……」

「知ってます。無理なんですよね？　名取さんからさっき聞きました」

「……ごめんな」

一馬は申し訳なさそうに大きくため息をついた。

こればかりは仕事だから仕方がない。本当はさっきのことも話したかったんだけど、ここは会社だし、一馬と親しげに話しているのを人に見られたくない。

帰ったら話をしようと気持ちを切り替えた。

「それより課長、見てないで手伝ってくださいよ。フィルムってかさばるし、剥がすのが面倒なんですから」

「ああ、ごめん」

一馬はハッとした様子で私の横に立ち、作業を手伝ってくれる。

「今日はなるべく早く帰るようにするよ。もうすぐプチ同棲も終わっちゃうしね」

一馬はネクタイをフィルムから取り出しながら、さりげなく距離を縮めて小声で囁いた。

「……期待してませんよ～」

私は無表情を装って小声で返した。

あ～あ、ちょっと前まではひとりが大好きで悩みもなかったのに。

恋をすると想像以上に悩みも増えるんだなと、小さなため息をついた。

「真壁さん、なにか売り場で問題でもありましたか？」

一馬の口調が急に仕事モードに切り替わったことに驚いて顔を上げると、私たちの後ろを社員が通っていった。

「……別になにもありませんが」

すぐに視線を商品に戻す。

「そう……か」

一馬は上目遣いで、私の心を探るように見つめた。

もしかして、顔に出てたかな？

「あの――」

「土屋くん、ちょっと」

『今日話したいことがある』と言おうとしたところで、誰かが一馬を呼んだ。

どうやら他部署の偉い人だ。

急に難しい顔で話しだしたから、私は言葉をのみ込んだ。そして、値付けの済んだ商品を抱えて売り場へと戻った。


その後、一馬が家に帰ってきたのはかなり遅い時間だった。

【遅くなるから、ご飯は先に食べてくれ】とメールがあったから、先に夕飯は済ませていた。

一馬はご飯を食べた後、風呂に入り、まだ仕事が残っているからと、パソコンを開いて仕事をしている。だから私は、翼くんのことを話すタイミングを逃してしまった。

でも明日、明後日でなにか起こるわけじゃないし、また改めて話そう。

そう思い、先に布団に入った。


翌日。

「じゃあ、行ってきまーす」

昼ご飯を早めに済ますと、名取さんは私服に着替えて売り場にやってきた。

いつもはもっと、ギャル系とまでは言わないが、それに近い派手めな服装が多いのに、今日は体のラインがキレイに出る、触り心地のよさそうなセーターにひざ下丈のフレアスカートを合わせている。

「気合い入ってますね〜」

後輩が半ば呆れ顔で言うも、名取さんはまったく気にする様子はない。

「当ったり前じゃん。土屋課長と行くんだよ〜。『名取さん、かわいいね』な〜んて言われたいじゃん」

名取さんは上機嫌で一馬の物マネを交えながら話す。

「名取さん、展示会も立派な仕事なんだからね。私たちの代表で行くってことを忘れないように」

私はカウンターで伝票を整理しながら事務的に話す。

「わかってますって～」

嘘っぽい。絶対に展示会の後のことしか考えてないよね……って、私もしかして一馬と行けなかったのをひがんでる？　あ～、こんなの公私混同じゃない。ダメダメ。

名取さんに心を読まれそうな気がして、私は慌てて視線を伝票に戻した。

「では行ってきま～す。今日は直帰しますので～」

そう言って、名取さんはなぜかピースサインをした。

なんのピース？と思ったけれど、突っ込むのはよした。

「じゃあ、私は一番行ってきます」

名取さんが行ったことを確認し時計を見ると、お昼休憩の時間だった。

遅番の今日は、お昼休憩も最後だ。私物袋を手にし、社食に行くためバックヤードに入ると、タイミングよくメールの着信があった。

画面を見ると、一馬からだった。

【早く帰れそうなら、また連絡する。鍋食べたい】

鍋が絵文字になっているのがかわいくて、思わず笑みがこぼれる。

名取さんには申し訳ないけれど、早く終わってそのまま帰ってきてくれることを願った。

仕事が終わり、更衣室で着替えをしながらスマホを見ると、メールが一件。

早く終わったのかな⁉と期待しながらメールを開く。

【申し訳ない。取引先のメーカーさんから誘われて、これから名取さんも連れて居酒屋に行くことになった。なるべく早く帰れるよう頑張るけど、夕飯を待たせるのは心苦しいから、鍋はまた今度。ごめん。その代わり、必ず埋め合わせをするから】

埋め合わせはいいから帰ってきてほしいというのが本音ではあるけれど、接待も立派な仕事だ。【いいよ。頑張って】としか返信できない。

送信ボタンを押すと、一気にテンションが下がった。

ちょっと前まではなんともなかったことが、好きな人がいるだけでこんなに気持ちに変化が出るなんて思いもしなかった。もしこれで出張にでも行かれたら、私はどれだけ寂しい思いをしちゃうんだろう。

悶々とした気持ちのまま、更衣室を出る。

警備室の横を通って会社を出ると、冷たい風が吹いてきた。

「う～、寒い！」

まるで今の私の心境を表しているようだ。

こんな日こそ鍋だったよね。塩鍋、ちゃんこ、キムチ、モツ……定番の水炊きもいいな～。

頭の中が鍋のことでいっぱいになった、その時……。

「――恋実。真壁恋実さん」

聞き慣れない声が聞こえた。

「横……横だよ」

「え？」

横を向くと、まるで雑誌の撮影ですか？とでも尋ねたくなるような姿で壁にもたれかかる翼くんの姿があった。

どうしてここにいるの？

私は立ち尽くすと同時に、一気に不安が押し寄せてきた。

知らされた真実

「誰かと待ち合わせですか？」

声をワントーン下げて、無表情で尋ねる。

「待ち合わせじゃあないね。待ち伏せ？」

翼くんがニヤリと笑う。

「待ち伏せ？」

眉間にシワを寄せて復唱してしまった。

「そう、アンタを待ち伏せしてたの」

「ええ？」

びっくりして大きな声を上げると、通行人の視線が私に向けられた。

「そんなに驚くことないだろ？　俺たち、お見合いした仲だろ」

あれをお見合いと言うの？　いや、勝手に中根様が連れてきただけじゃない。

「昨日のはお見合いじゃないですし……」

周りの目を気にしつつ、小さな声で反論する。

「まあ、そんなことはいいとして、今から帰るんだろ？」

「そうですけど」

私が露骨に嫌な顔をしても気にすることなく、翼くんは首を少し傾けながら笑顔を見せる。

「じゃあ、ちょっと付き合えよ」

「嫌です！」

即答した。

「早っ！　そんなあからさまに嫌われると、さすがの俺も傷つくよ」

わざとらしく胸に手を当てながら、悲しそうに私を見た。

ちょっと、なに言ってんのよ。あの時のことを思えば、こんなのかわいいもんじゃない。女がみんな自分の誘いを断らないなんて思ったら大間違い。

そう啖呵《たんか》を切ろうと思ったのに……。

「え？　ちょっと……なに？」

翼くんが私の腕を掴んだ。

「ていうかさ、お前の手、めっちゃ冷たいな」

「関係ないじゃない。ねえ、手を放して」

手をぶんぶん振ろうとするも、翼くんは私の手を自分のコートのポケットに無理やり突っ込んだ。

「ちょ、ちょっと……」

驚いて口をパクパクさせるも、翼くんは笑顔で「ほら、暖かいだろ?」と王子スマイル。

「暖かいのはわかったわよ。でも、こんなことは本当に困る」

顔をしかめ、ポケットの中の自分の手と翼くんを交互に見て、再度逃げようと試みた。だが、男の人の力には勝てずひとりでもがいているようにしか思えない。

「お前さ、ここ自分の会社の前だよ。あんまり騒いでると、明日困るんじゃない?」

そう言って、翼くんは従業員出入り口から出る社員をチラリと目で追った。

そうだった……。こんなの、人が見れば完全に恋人同士だと思われる。ポケットの中で手を繋ぐとか、一馬ともやったことないのに……。とにかく会社から離れた場所に移動して、この手を放してもらって帰ろう。不本意だけどね。

私たちは会社から離れるように歩きだした。

「ところで、『付き合え』って、どういうこと?」

ぶっきらぼうに質問する。

「俺、こう見えて三十分ぐらい、あそこでお前を待ってたの。もうさ、めちゃくちゃ腹減ってんの。だから飯を食いに行くんだよ」

翼くんのしゃべり方は、高校時代に『王子』と言われていた爽やかさはすっかり消えて、俺様全開って感じだ。

「えっ、食事⁉　別に待っててほしいなんてお願いしてないし」

私は足を止め、翼くんを見上げて抗議した。

「あ〜、お前かわいくないな〜。俺と付き合ってた時は、もっとこう……って、お前をそうさせたのは俺か」

自分の頭に手を当て、明後日の方を向きながら顔を歪めた。

そうよ。みーんな翼くんのせい。

フンッとそっぽを向きながら、不貞腐れたまましぶしぶ歩く。

そうして無理やり引っ張られるように入ったのは、会社から少し離れた、ちょっと洒落《しゃれ》た洋風居酒屋だった。

いつも〝あおい〟で飲んでいる私には、こういう若い人が喜びそうなオシャレな場所はやっぱり落ち着かない。

「ねえ、いつもこういうところで飲むの？」

メニューを見ながら質問する。

「いや、あまり来ないね。もともと賑やかな場所は好きじゃないんだ。だけど空腹には勝てないでしょ？」

翼くんはよほどお腹が減っていたのだろう。メニューをガン見しながら答えた。

「賑やかな場所が嫌いだなんて……意外」

「なんで？」

「だって、翼くんの周りにはいつも人がたくさんいて、賑やかだったじゃない」

「……まあね。とりあえず呼び出しボタン押すよ。適当に頼むけどいい？」

「うん」

翼くんに会ったことで食欲が失せた私は、そっけない返事をした。

一方、翼くんはというと、とても上機嫌にボタンを押した。

やってきた店員に注文する翼くんの姿をマジマジと見つめる。

高校の時、十年後にまさかこんな形で再会するとは思わなかった。あの時は、一緒に外でなにかを食べることもなく、一瞬ですべてが終わったんだもん。それがまさか翼くんと一緒にお酒を飲むことになるなんて……。

「まさか、恋実と一緒にお酒を飲むなんて」

頬杖をつきながら、しみじみと語る翼くんに私は驚いた。

嘘。同じこと思ってた⁉

「それはこっちのセリフよ」

もちろん、いい意味ではなく悪い意味でだ。

するとタイミングよく店員が生ビールを持ってきてくれた。

私は乾杯をしようとする翼くんを無視するように、半分やけになって生ビールをごくごくと飲んだ。

そんな私を、翼くんはニヤリと笑いながら見ていた。

「な、なによ」

「いや、いい飲みっぷりだな～って思ってさ。酒、強いんだ」

「……お酒で人に迷惑をかけたことはほぼないけど」

一回だけあったけどね。一馬と初めて飲んだ時は記憶までぶっ飛んだ。

「いいね。俺も強いほうだからさ、すぐに酔う女は無理。そういう点では合格だね」

翼くんは頬杖をついたまま満足そうな笑顔を向けると、生ビールを飲んだ。

「合格って……。あのね、昨日も言ったけど私、縁談とかそういうのはすべて断ってるの。翼くんには悪いけど、こういうのは今回限りにしてくれないかな」

本当はそれを言いたくて、一回だけ付き合えば許されるだろうと思ってついてきた。

だけど、そう簡単に事は終わらなかった。

「そうやってさ、自分の気持ちを素直に言えれば違ってたんじゃねーの？」

「え？」

なにに対して言っているのかわからなかった。

すると翼くんはポケットから煙草《たばこ》を取り出し、『吸ってもいいか？』と目で訴えかけた。

黙って私がうなずくと、煙草を一本、取り出し口からくわえたまま火をつけ、一度吸うと通路側に煙を吐いた。

「まあ、俺も人のことを言えた義理じゃないけどね」

翼くんはもう一度煙草を吸うと、まだ半分以上残っている煙草を消した。小さく深呼吸をした後、なにかを決心するかのように私を見た。

「図書室でいつもコロコロ表情を変えながら本を読む恋実が俺は好きだった」

予想外の言葉に、私は絶句したまま目を見開いた。

ちょっと翼くん、今ごろなにを言ってんの？　さんざん私をコケにしたのに、今さらそんなことを言われて『そうだったんだ～』と言えるほど私は大人じゃない。

しかし翼くんは、そんな私の表情を見て反論するわけでもなく話を続けた。

「あの時の俺はいい子ぶって、あっちにもいい顔、こっちにもいい顔して、すっげ～調子こいてたんだ。だから、ぶれてない恋実がうらやましくもあった。だから近づいた。最初は半分、興味本位だったけど……」

そこまで言ったところで、注文した料理を店員が運んでくれた。

だけど、翼くんは箸もつけずに話を続けた。

「楽しかった。恋実と話してると素の自分でいられる気がして。花火大会に誘ったのも……本当に一緒に行きたかったからだ」

「じゃあ、なんであんなこと！」

私は初めて声を荒げ、抗議した。

「賭けの誘いも、恋実が知らなければいいと話に乗った。そんなこととしておいて、恋実と花火を見ることを楽しみにもしていた。子供だったで済む話ではないけど、事が起こってから自分のしたことを心底後悔した。あの時の恋実の俺を見る顔を思い出すたびに本当に申し訳ないことをしたと……」

「………」

ショックで言葉が出なかった。

どんなに私とのことが本気だったと言われても、私の負った傷は大きかった。

「その後もずっと後悔して何度も謝ろうと思った。だけど拒絶されてるのがわかったし、最後に図書室で会ったときも誤解を解く最後のチャンスだと思ったけど、本気で怒っている恋実をいざ目の前にすると、素直になれなくて……。あんな形で終わってしまった」

翼くんは一気にしゃべったせいか、生ビールをゴクゴクと勢いよく飲んだ。

そして、私たちの間にしばらく沈黙が続いた。

翼くんは本当に私のことが好きで花火大会に誘ってくれたんだ……。でも私は、翼くんの冷たい言葉にショックを受け、理由も聞かずに拒絶して最後まで歩み寄ろうとしなかった。私はずっと自分だけが不幸で傷ついたと思っていた。

だけど、翼くんだけが悪かったわけじゃなかった。もし私がちゃんと本音をぶつけていたら、その後の関係も変わっていたかもしれなかったってこと？

ずっと下を向いたまま翼くんの話を聞いていた私は、顔を上げて彼に視線を向ける。

翼くんは私と目が合うと、苦笑いを浮かべた。

「まあ、お互いに子供だったってことだろうな」

「翼くん……」

苦しんでいたのは私だけじゃなかったんだと思うと、今までの自分がすごく恥ずかしくなった。

「私は単に翼くんたちにバカにされただけだと思ってた。自分にも要因があったなんて、これっぽっちも思ってなかった。今までずっと翼くんを責めてばかりいたの。ごめんなさい……」

私は、自分の考えがいかに幼稚だったかを反省するように頭を下げた。

「いや……俺のほうこそ本当に悪かった」

翼くんも申し訳なさそうに深々と頭を下げる。

ふたりがずっと頭を下げ続けていることに気づいて、同時に顔を上げると、吹き出すように笑った。

「とりあえず仲直りといきますか？」

「うん、そうだね」

翼くんがグラスを持つのにつられて、私も自分のジョッキを持った。

「お前、そのジョッキ空じゃん」

最初に一気に飲んだせいで、ジョッキの中はほとんど空っぽだった。

「あっ！　やだ、私ったら」

思わず笑みがこぼれる。

するると、急に翼くんが真顔になった。

「なあ、俺に対して言いたいことがたくさんあるんだろ？　今日はとことん恋実の話を聞く。だけどその前に……俺たち、本気で付き合わない？」

そう言って、翼くんは私の目をまっすぐ見る。嘘を言っているようにはとても思えない真剣な声だった。

「え？」

私は自分の耳を疑った。

確かにわだかまりは消えてよかったと思う。だけど、なんで今さらこんなことを言われるのか、わからなかった。

「俺は付き合いたいと思ってる。別に親父が縁談を持ってきたからとかじゃねーよ。俺がそれを望んでるんだ。……結婚を前提に付き合ってくれ」

翼くんは私の手に自分の手を重ねる。真摯なまなざしだった。

突然の『結婚』という言葉に、私は驚きを隠せない。まさかこんな展開が私に待っているなんて思ってもいなかった。だけど、私の答えはひとつだ。

「……ごめん。私、実は――」

『彼氏がいる』。そう言おうとした時……。

「あれ～、真壁さんだ！　どうしたんです？　こんなところで」

声をかけてきたのは、まさかの名取さんだった。

第六章　恋の先には……

嘘でしょ～⁉


「えっ、名取さん。どうしてここに？」

「それはこっちのセリフですよ～。真壁さん、もしかしてデート中ですか？」

名取さんはかなり興奮気味に、私と翼くんを交互に見た。

「いや……違うの。これは……」

否定しようと言葉を選んでいると、名取さんはなにかに気づいたように翼くんを凝視した。

「あれ？　昨日ご来店くださった方ですよね？」

そうだった……。名取さんは翼くんを店で見ているんだ。どうしよう。名取さんには見られるは、翼くんからは結婚前提で付き合いたいとか言われるは……。

すると、翼くんはそれに輪をかけるように「どうも、中根 翼って言います。実は恋実の元カレで、今もう一度やり直したいって猛アタック中なんです」と、高校生の時のような王子スマイルを名取さんに向けた。

「翼くん、ちょっと！　やめて……名取さん、違うから」

椅子から立ち上がり、翼くんと名取さんに向かってアワアワと否定する。

しかし名取さんはニヤニヤしていて、私の言葉など耳に入っていないようだった。

「キャ〜、恋実って呼び捨てされてるし〜」

名取さんは手を口に当てながら興奮気味に言う。

「だから名取さん、これにはいろいろと事情が……」

「へ〜、それはどんな事情なんですか〜？」

『この期に及んでなにを言うつもりですか？』と言わんばかりの目を向けられる。

ダメだ。完全に真逆の想像をしている。

私はなんとか誤解を解いておきたくて、翼くんの方を見た。その時……。

「名取さん、なにしてる。もう行くぞ」

遠くから聞き覚えのある声が聞こえ、全身の血の気がサーッと引くのがわかった。

「あっ、課長〜！　ちょっと来てくださいよ〜。実は――」

「しーっ！　名取さん、やめて」

思わず名取さんの口を手で塞ぐ。

こんなところを一馬に見られたら絶対に怒るし、私たちのことを名取さんにばらすかもしれない。

しかし、『お願い来ないで』と心の中で叫んでいる間に……。

「どうしたんだ？　……えっ」

一馬が私たちの席の前に立って、私と翼くんを交互に見る。

ああ、最悪だ……。別にやましいことをしていたわけではないけれど、この状況は誤解されても仕方ない。しかも翼くんには結婚を前提に付き合ってと言われたばかりで……。どうしよう。なんて説明しよう。

頭の中はもうパニックだった。

しかも名取さんは私から離れると、スキを狙って一馬の横に張りつくように立った。

「課長～。真壁さんったら、今こんなイケメンに告白されたらしいですよ。しかも元カレなんですよね～、真壁さん」

もう勘弁してよ～。穴があったら入りたい！　そうじゃなくても、翼くんのことを一馬はなにも知らないんだもん。今ここですべてを説明したら、名取さんに一馬のことがバレてしまうし、翼くんだって一馬になにを言うかわからない。どうしよう。私の乏しい経験じゃ、この場をうまくまとめられない。

「……いや……そうじゃなくて、翼くんは……」

否定しようとしても下手なことを言えば事が大きくなりそうで、どう返答したらいいのかわからない。

それなのに、翼くんが案の定、余計なことを口にした。

「え？　そうじゃなくないだろう？　もう一度やり直そうって言ったろ？　俺、本気だよ。結婚だって考えてる」

「キャ〜、結婚って！　もう、真壁さん。こんなイケメンに告白されて断ったら、バチが当たりますよ〜」

名取さんは、ひとり興奮しながら私の肩をバシバシ叩く。名取さんの隣に立っている一馬は、黙って無表情で私を見ている。

なにを考えてるの？　怒ってるよね。

でも、今はそれすら聞けない。一馬の無言が今の私には一番つらかった。

とはいえ、名取さんがいるんだもん。下手なことは言えないよね。付き合っていることを公言しないでとお願いしたのは私のほうだったんだから。

恐る恐るもう一度一馬をチラリと見ると、感情のない冷めた目に寒気がした。

せめて翼くんと付き合うつもりはないことだけでも言わなきゃ。

「あの――」

私は席から立ち上がり、一馬の方を向いた。

「名取さん、邪魔しちゃいけないから帰るぞ」

私の声を遮るように、一馬の低く冷たい声が聞こえた。

こんな声、今まで聞いたことがない。どうしよう、一馬すごく怒ってる。それに目も合わせてくれない。

「え～!? でも……」

明らかに帰りたくなさそうに名取さんがキョロキョロしている。

「名取さん！」

怒鳴るとまではいかなくとも、かなりキツイ口調の一馬に、名取さんもヤバいと思ったのか押し黙る。

うわ、完全に怒ってる。いや、怒るのも当たり前だよね……。

「じゃあ明日、報告よろしくですよ～」

名取さんはそう私に耳打ちをして、一馬と一緒に店を出ていった。

思いもよらぬ展開に、私はふたりが帰ってもその場に立ち尽くしていた。

「恋実、座ったら？」

頬杖をついた翼くんが椅子を指さした。

「あっ、ごめん」

力なく座ると、翼くんが「水、飲んだら？　落ち着くよ」と、水の入ったグラスを私に差し出した。

「ありがとう」

コップを受け取りひと口飲むが、さっきの一馬の冷たい声と怒っている顔が頭から離れず、ため息が出てしまう。

それに……いくら翼くんとのわだかまりが解けたからといって、それを結婚と結びつけるなんて無理。

「ごめん、翼くん。昨日言いそびれたんだけど……実は私、今付き合っている人がいるの」

パチンと音を立てながら手を合わせ、思いきり頭を下げる。

すると翼くんはしばらくなにかを考えるように、箸を無造作に動かしていた。

「……もしかしてだけど、恋実の彼氏って、さっきの上司？」

探るような目を向けられ、私は黙ってうなずいた。

ふたりの間にしばらく沈黙が続く。

自分の取った行動で、一馬と翼くんのふたりを傷つけた。その罪悪感にうなだれていると……。

翼くんがため息をつきながら、少し大げさに椅子の背にもたれかかった。

「……だよな。なんか俺、睨まれてるような感じがしたんだよな～」

「えっ？　そうだったんだ……。ごめんなさい」

私はとっさに謝った。

「追いかけなくていいの？」

翼くんの問いかけに、私は首を横に振った。

「会社の人にはナイショで付き合ってるから……」

すると翼くんはうんうんとうなずきながら、「なるほどね」と大きくため息をついた。

そんな翼くんの姿を見ていたら、ただ『付き合っている人がいる』という言葉で片づけてはいけないと思った。

だって『結婚前提に』と、正式に交際を申し込んでくれたんだもん。ちゃんと本音を伝えなきゃ。

「私ね、翼くんとのことがあってから恋愛とかすごく面倒になって、人を好きになることを避けてたの」

そう話すと、翼くんは驚いた様子で私を見つめた。

「ごめん……俺のせいだよな。じゃあ、もしかして俺の次がさっきの人ってこと？」

私はうなずくと、一馬と出会ってから付き合うまでの経緯を話した。

「――そういうわけで、今の私には一馬以外考えられないの」

だけど今日、こんな現場を見られてしまった。例え誤解だとしても、私も一馬とテレサさんを見ただけで怒り狂っちゃったんだもん。しかも、翼くんは元カレ。そんな相手と今も会っていれば、一馬には裏切りと捉えられても仕方ない。もしかしたら『別れてほしい』って言われちゃうかも……。

そう思った途端、唇が小刻みに震えて、目頭がだんだん熱くなってきた。

「そっか……。恋実の恋愛恐怖症をさっきの彼氏が治したってことか」

翼くんは苦笑いしながら、納得したようにうなずいた。

「ごめんね。私が昨日ちゃんと中根様にも翼くんにも彼のことを伝えていれば、こんなことにはならなかったのに……」

私が謝ると、翼くんは首を横に振った。

「恋実には悪いけど、俺はちゃんと謝りたかったし、このタイミングでよかったと思う。まあ、完全に失恋だけどね。でも、そういう彼氏じゃあ俺も太刀打ちできないよ」

「翼くん……」

「とにかく、早く追いかけなよ。俺も一緒に行って、代わりに謝ってあげてもいいけど、余計にこじれそうだしね」

だけど、私はすんなり「うん」とは言えなかった。

「どうした？　行かないの？」

翼くんが首を傾げる。

「私たちが付き合ってることはまだ誰も知らないの。もし知られたら大騒ぎになることは間違いないの。それに……」

私は出入り口に視線を向けた。

「それに？」

「さっき一馬と一緒にいた女の子……彼女も一馬のことが好きで……」

そこまで言って、言葉に詰まってしまう。

「あの子に知られたら裏切るみたいで嫌だってこと？」

「うん」

すると翼くんは、腕組みをして表情を曇らせた。

「俺たちはなんでダメになった？　思っていることをぶつけなかったからだろう？　知られたくないって……それ、いつまで続けるつもりなの？　バレたら大変だってことは付き合う前からわかってたし、そういうリスクがあっても好きだから付き合ってんじゃねーの？　誰のために付き合ってんだよ。そんな生半可な気持ちだったら俺でいいじゃん。俺だったら大騒ぎになんかならない」

翼くんのひと言ひと言が胸に突き刺さって、ぐうの音もでない。

「本当にそうだよね……」

「でも好きなんだろ？」

「うん」

私は力強くうなずいた。

「だったら彼氏のとこ行けよ」

翼くんは私を追い払うようなジェスチャーをした。

私はバッグを持って立ち上がった。

「わかった。……翼くん！」

「ん？」

「ありがとう。それと……仲直りできて本当によかった」

翼くんは「俺は振られて悲しいよ」と言いながらも微笑んでいた。

私はそのまま店を出ると、近くにまだ一馬たちがいるかもしれないと探してみた。だけど、あれから時間が経ちすぎていることに気づいて急いでタクシーを拾った。

なんの疑問も抱かずに自分のマンションへ向かう。

タクシーを降りて自分の住んでいる三階を見上げた瞬間、ハッとした。

一馬が必ずここに帰ってくるとは限らないよね……。もしかしたら名取さんと一緒かもしれない。

思わずその場で頭を抱える。

大体、あんな現場を見て普通に私の部屋に帰ってくるだろうか？　翼くんが一馬にすごく睨まれたと言うくらいだから、相当怒っているだろうし、これから顔を合わせても何事もなかったようにできるとは思えない。

だからといって、一馬のマンションはあの時以来で、住所までは知らない。それに、鍵の問題もある。一馬は私の部屋の合鍵を持っていない。テレサさんのことは急だったし、同棲といっても一週間という短い期間だったから、作る必要はないと敢えて渡さなかった。

まさかこんな展開になるなんて思ってなかった。こんなことなら、短かろうがなんだろうが、合鍵を渡しておけば帰ってくるかもしれなかったのに……。

明かりのついていない部屋を見て、大きなため息をつくと共に力が抜けた。重い足取りで階段をのぼり、自分の部屋へ向かう。

三階まで上がり、ゆっくりと視線を自分の部屋のドアへと向けるも、やはり一馬はいなかった。その途端、頭の中でいろんな思いが駆け巡った。

こんなことになるくらいなら、最初から翼くんの誘いを断ればよかった。それとも、家に仕事を持ち帰って作業している一馬に無理やりにでも翼くんのことを話しておけばよかったの？　今日は残業をしていけばよかった。または、いつもとは逆方向に帰ればよかった。

しかし、どれもこれも後の祭りだ。とにかく私は自分を責めるしかなかった。

「なんか泣けてくるよ……」

少し前まで誰かを想って泣けることとすらなかった恋愛氷河期だったのに、今では心の中が一馬でいっぱいで、しかも不安で埋め尽くされている。

途端に涙が流れてくる。その場から動けず、鼻水ももれなくついてくるほどボロボロと泣いた。

自分が思っていた以上に私は一馬が好きなんだと痛感した。

「どうしよう……またひとりになっちゃうの？　もう、ひとりとか無理だよ……」

想わず弱音が口をつき、持っていたカバンが力なく手から落ちた。その時だった。

「なにやってんの？」

聞き慣れた声に振り向く。

「かじゅ……ま」

そこには、コンビニの袋を持った一馬が立っていた。

一馬は、私の顔を見た途端、口に手を当て、肩を震わせ始めた。

もしかして笑ってる？　私はこんなに不安でいっぱいだったのに……。なんでそんな顔ができるの？

「どうしたんだよ。お前の顔、堤防が決壊したみたいにすごいことになってるぞ」

一馬の表情はいつもの一馬だった。居酒屋で見た怖い顔じゃなかった。

「え？」

一馬に指摘されて、自分が号泣していたことを思い出す。

やだ。ただでさえかわいくないのに、こんな目から鼻から水分を出した顔を一馬に見られただなんて……。

恥ずかしくて、落としたバッグからハンカチを取ろうとした。

その瞬間、目の前に大きな影ができて、私は一馬に思いきり抱きしめられていた。

「か、一馬、離して！　コートが汚れちゃう」

なんとか一馬から離れようと試みるが、一馬の力は私とは比べ物にならないぐらい強くて、彼の腕の中でムズムズと動くことしかできない。

「いいって。俺のことで顔がぐちゃぐちゃになるほど泣いてくれてんだろ？」

一馬の優しい声が耳をくすぐる。

「うん。でも、一馬は怒ってるよね……」

「そりゃあ、めちゃくちゃ怒ってるよ。でもごめん、笑った」

怒っていると言っている割に、声がものすごく優しい。

でも、そのことに甘えちゃダメだよね。私のとった行動は軽率だった。一馬の怒りをちゃんと受け止めないと。

ただ、自分の部屋の前で抱き合っているこの状況はなんだか落ち着かない。

「あの……とりあえず、鍵開けるね」

「ああ、お願い」

一馬の腕が離れると、私はすぐにバッグを拾い上げ、鼻をすすりながら鍵穴に鍵を挿した。

すると、一馬の手がさっと前に出て私の代わりに鍵を開けてくれた。

先に中に入り、靴を脱ぐ。まずは涙と鼻水でぐしょぐしょの顔をなんとかしようと洗面所に向かおうとしたところで、ガチャッとドアが閉まり、鍵をかける音が聞こえた。その瞬間、私は再び後ろから一馬に抱きしめられた。

「あの……顔を洗ったらちゃんと話するから。だから――」

『離して』と言いかけて、一馬の言葉に遮られる。

「俺……油断してた」

「え？」

「恋実が俺のものになったことで満足してて、敵のことまで頭が回ってなかった。だけど……居酒屋で恋実が男といるところを目の当たりにして、名取さんがいなかったら俺……」

一馬は私をさらに強く抱きしめた。

「ごめんなさい。だけど翼くんとは本当に名取さんが言うようなことはなくて……ていうか、敵ってなに？」

もっとちゃんと謝りたいのに、一馬に抱きしめられていることがうれしくて、言葉足らずになっている。

「わかってる。あんな必死な目で俺を見ればわかるよ。それに、俺が恋実より名取さんの言っていることを信じると思うか？」

「でも、本当のことを言うと……翼くんは、〝なんちゃって彼氏〟だったの」

「は？　なんだそれ」

一馬の腕がパッと離れる。その顔はとても驚いていた。

私は、一馬に真実を話すことに決めた。

ただし、玄関先で話すような内容ではないので、私たちは家の中に入ると、まずは部屋着に着替えることにした。

一馬は私から離れる気はさらさらないようで、ふたり掛けソファに座ると、私を自分の方へ引き寄せ、かなり密着してきた。

それから私は、一馬と出会うまで恋愛から遠ざかってしまっていた理由——高校二年のあの夏の出来事を話した。

「——マジか」

「うん。私、今はコンタクトだけど、高校生の時は度の強い眼鏡をかけてて、しかもフレームもシルバーのダサいのだったからまったくモテなかったし、恋愛しないほうが楽なんだって思ってたの。それで……」

「いや、そうじゃなくて。さっきのあの男は恋実の浴衣姿を見たことがあるんだろ？」

不機嫌そうな声が私の肩越しに聞こえた。

「えっ!?　うん、見たことにはなるけど……ていうか、一馬の『マジか』って、そのこと？」

「当たり前だろう？　俺だって見てねーのに」

不貞腐れたのか、一馬はつまらなそうに私の肩に顎を乗せた。

もう、私は真面目に話をしているのに。なんだろう、この脱力感は……。

私は口を尖らせた。

「はいはい……。それで話を戻すけど、一馬と付き合うようになって恋愛恐怖症みたいなものもなくなってホッとしている時に、以前から私に息子さんとの縁談話を持ちかけてくださっていたお客様が連れてきた相手が――」

「翼くんっていうヤツだったわけか」

納得しながらも、大きなため息をついた。

「はい……」

私は大きくうなずいた。

「で？　再会して、今度は結婚前提に付き合いたいと言われたと」

「はい……」

「当然、無理だと伝えたよな？」

「も、もちろん！」

私は振り返って即答した。

「じゃあ、なんでさっきあんなに泣いてた？」

一馬は再び私を引き寄せる。

うっ……今、それを聞く？　あの超変顔の泣きっ面を見られたことを思い出したら、穴に入りたい気分なんですけど……。でも、今日は刃向かえない空気だし……。

しばらく黙っていたが、なにを言っても突っ込まれることはわかっていたから、余計なあがきは諦めて、思っていたことを話す。

「それは……一馬に誤解されて嫌われたんじゃないかって思ったし、私がもっと早くに翼くんのことを話しておけばよかったなとか、いろいろ考えてたら……」

真剣に言葉を選んで話しているというのに、一馬はさっきの私の顔を思い出したのか再び肩を震わせた。

「一馬？」

「ごめん。いや、会社ではものすごく真面目であまり感情を出さない恋実が俺の前では怒ったり、笑ったり、泣いたり……。そういう素の顔を見せてくれて、俺は幸せだなって思ってんの。確かに男といるとこを見てなんとも思わないわけがない。でも、あんなことくらいで俺がお前を諦めると思ってんの？　俺の片思い歴なめんなよ」

優しく甘い声で囁くと、一馬は後ろから私のお腹に手を回した。

「でも……」

やっぱり私は一馬を不安にさせた。こんなに簡単に許してもらえることに、申し訳なさを感じる。

すると一馬は、は～っと再びため息をつき、私を抱き寄せた。そしてカットソーの中に手を入れ、私のお腹をゆっくりさすりながら耳に唇を当てた。

「もういいって。でもさ、本当に悪いと思ってんなら……今から覚悟しろよ」

甘ったるく囁くような声が私の片方の耳にだけ響いた。

「え？」

「今日のこと、忘れさせてやるよ」

そう言うと、一馬は腕をパッと離してすくっと立ち上がり、私に向かって手を差し出した。

それがなにを意味するか、すぐにわかった。だけどすぐに手を乗せることができなかった。

どうして一馬はこんなに私に優しいの？　もし私が逆の立場だったら、こんなに物わかりよくはなれない。

ふと翼くんの言った言葉を思い出した。

『思ったことを相手にぶつけろ』

そうだよね。このままだと、同じ失敗を繰り返す。

そう思った私は、一馬に正直に話すことに決めた。

「なんでそんなに優しくしてくれるの？　なんでもっと怒らないの？　私は一馬に誤解を与えたんだよ。本来なら、あの場に名取さんがいても、私は一馬が恋人だと言うべきだった。だけど私は自分のことばかり考えて、みんなに迷惑かけて……それなのに、なんでこんなに優しいの？」

私は自分でも驚くほど大きな声で、自分のモヤモヤした気持ちをぶつける。

一馬は一瞬驚いていたが、真剣な表情で私の本音を黙って聞いていた。そして少し考えるように目を閉じると、再び目を開け私を見た。

「怒る理由が見当たらないって言ったら信じる？」

「え？」

一馬の意外な返事に戸惑う。

するとー馬は私に優しく語りかけ始めた。

「俺も恋実と同じようなことをしてたからだよ」

「一馬……」

「あの時、俺だって自分の恋人は恋実だと言えば、恋実の顔を涙でぐしょぐしょにさせることはなかった。さっきも言ったけど、恋実がやっと俺だけのものになったことに浮かれてて周りが見えてなかったんだ。そういうことで、俺たちはおあいこ。だからさっきの『覚悟しろ』って言葉は撤回するよ」

一馬の手が伸び、私の頭をゆっくり撫でる。

「今夜はずっと俺のそばにいてほしい」

一馬の『おあいこ』という言葉に、なんだか心が救われた。

「一馬も私のそばにいてね」

素直な気持ちを伝えると、一馬が微笑んだ。

彼が差し出した手に自分の手を乗せる。

一馬が私の手を握りしめたのを合図に、私たちは寝室へと向かった。

恋人の次は……

一馬は寝室に入った途端、私をベッドに思いきり押し倒した。無言で私の服を脱がせ、覆いかぶさってくる。そして私の手を握りしめ、首筋にわざと音を立てながらキスを落とした。

「んっ……んっ、か……一馬……」

いつにも増して甘いキスの嵐に体がとろけそうになる。一馬の指が私の肌を優しくなぞるように触れただけで、魔法にでもかかったように『好きにしてください』という気持ちになる。

キスだけではない。今日の一馬は、何度も何度も私を求めてきた。

「一馬……もう……無理っ！」

息遣いがどんどん荒くなる。私は一馬にしがみついた。

「そんなかわいい声で『無理』なんて言われても、無理」

一馬が唇を手の甲で拭いながら上目遣いで見る。

「でも、これじゃあ、私……私っ」

体がガクガクと震え、一気に快感が押し寄せる。このままどうにかなってしまうんじゃないかと歯を食いしばりながら一馬にしがみつくと、一馬も私を強く抱きしめた。

「俺にしか反応しない体にしてやる」

一馬が私を上から見下ろす。

うっすらとかいた汗と甘い声にドキドキが止まらない。

「……私の体はもう一馬にしか反応しないよ」

それは本心だった。私は一馬さえいればいいし、一馬じゃなきゃダメなのだ。

すると、一馬の動きがぴたりと止まった。暗がりでも、一馬が真っ赤になっているのがわかる。

「一馬……？」

「は～。……今の破壊力、半端ないんだけど？」

目を細めると、私をギュッと抱きしめた。

「えっ？　……なにが？」

すると一馬は、また大きなため息をつくと耳を甘噛みした。

「スイッチを押したのお前だからな。壊れても知らねーぞ」

そう言って、一馬は私を何度も何度も抱いた。

私は一馬についていくのでいっぱいいっぱいだった。だけど彼が私を愛おしそうに見つめる姿に、壊れてもいいと思えた。

だって、彼に触れられるだけですごく幸せだって心の底から感じているから。


夜中に、ふと目が覚めた。上半身を起こして隣に目をやると、一馬は気持ちよさそうに眠っていた。

無防備な寝顔を私だけが独り占めできると思うと、自然と笑みがこぼれる。

忘れかけていた〝人を好きになる気持ち〟を全力で教えてくれた一馬に対して、愛おしさがこみ上げてくる。私は眠っている一馬の頬に手を添えると、生まれて初めて自分からキスをした。

一馬が私にするようなキスではなくチュッと触れるだけのキスなのに、私は自分の大胆さにドキドキしていた。

すると、眠っていたはずの一馬が目をつむったまま「二回目」と言いながら口角だけを上げた。

「うそ、起きてたの？　ていうか、『二回目』ってどういうこと？」

一馬の体を揺すって聞き返すと、フッと笑いながら上体を起こした。

「初めて一緒に酒を飲んだ日、恋実はここでの記憶がまったくないって言ってたよね」

「うん」

「あの日、酔った恋実は俺にキスしたんだよ」

「え……」

驚くというより、自分の耳を疑った。

いくら酔った勢いだからといって、キス未経験だった私が自分からするなんてありえない。

「『二十八歳にもなって恋愛したことがない。キスだってしたことがない』って泣きだしてね」

「な、泣いたの？」

自分が泣いていたことすら憶えておらず、頭が真っ白になる。

一馬はうなずき、言葉を続ける。

「俺がなだめたら『慰めてくれるならキスして』って言いだして……あの時は恋実の大胆さに本気で驚いたよ」

いや、私が一番驚いてます……。

正直、その先のことを聞くのも怖いけど、聞かないのはモヤモヤするからと、一馬に続きを促す。

「……それで？」

「いくら好きな相手とはいえ、練習台にされるのはちょっと……と思ってやんわり断ったら……」

「断ったら？」

一馬がニヤリと笑う。

「しびれを切らしたのか、恋実のほうから――」

「もうわかった」

一馬の言おうとしていることがわかった私は、恥ずかしさのあまり、もうこれ以上聞きたくなくて耳を塞いだ。

すると一馬は、耳を塞ぐ私の手を掴み、ゆっくりと離した。

「恋実？」

「……なに？」

下を向く私に、一馬の優しい声が響く。

「俺はね、この子は本当は誰かを本気で好きになってみたいんだなって思ったんだ。それと同時に、俺が恋実を幸せにしたいって」

「え？」

驚く私を、一馬は自分の方へと抱き寄せる。

「恋実が他の誰かに今みたいなキスをするなんて絶対に嫌だって思った」

一馬がまっすぐ私を見て話す姿に、胸が熱くなる。

だけど、もうひとつ疑問が残っていた。

「じゃあ、なんで私、朝起きたときに下着姿だったんだろう……」

すると、一馬はギュッと私を抱きしめ、ニヤリと笑った。

「恋実の大胆さに、触れるだけのキスじゃ物足りなくなって、俺がちょっと本気出したらキスで体が火照ったみたいで……。恋実が自分から脱いだって言ったら信じる？」

「ええ⁉」

私が驚いていると、一馬の顔が近づいてきた。

そして私の顎に手をかけると「こんなキスでね」と言って、私にとろけるような甘い甘いキスをした。

「やっぱり……このままじゃな〜……」

一馬のつぶやきで目が覚める。

時計を見ると、朝七時だった。

隣に視線を送ると、一馬はなにかを考えているようだった。

そういえば私は今日お休みだけど、一馬は仕事だったよね。

「どうしたの？」

上目遣いで尋ねる。

「ん？　……いやさ、今後もお客さんから『息子の嫁に』って言われるのは勘弁してほしいな～って思ったの。まあ、だからといって『俺が彼氏です』って、その都度言いに行くのもな～。大体、俺たちが付き合っていることを社内では秘密にしているし」

一馬は顎に手を当てながら、かなり真剣に悩んでいる様子だ。

そうだよね。彼氏としては、彼女に縁談話が出るのは面白くないよね。堂々と『付き合っています』と宣言できれば問題ないし、本当はそうすべきなのだけど……。

でも、会社の女子社員を敵に回すなんて、そんなことは想像しただけでも怖い。とはいえ、名取さんみたいに積極的にアプローチする女子が増えるのも気が気じゃないしな～。ああ、どうしたらいいんだろう……。

は～っと思わずため息が出てしまう。

「……あっ！　ひとつだけ方法があった」

急に一馬が大きな声を出すから、びっくりした。

「えっ、なに?」

するとー馬は、もったいぶったような顔をし、枕の下に入れておいた自分のスマホを取り出し電話をかけ始めた。

私は上目遣いのまま彼の顔を見ているだけ。

どこに電話しているんだろう。

「おはよう、土屋です。昨日、名取さんにも伝えておいたんだけど、今日は特に急ぎの仕事もないし、ここ最近ずっと休んでないから、今日はお休みをもらいます。……うん……そうだね。……その件は君に任せるから。それと、昨日の展示会の資料は名取さんからもらっておいて。……ああ……じゃあ、お願いします」

一馬は時折私を見ながらニヤリと笑った。

さっきは私の縁談話について話をしていた。そして、それを打開できる方法があるとひらめいたようだったけど、それがどうして今日会社を休むことに繋がるのだろう。

私にはさっぱり理解できない。

「……休みにしたの?」

「こうでもしないとなかなか休めないしね。それに……」

「それに？」

一馬はニヤリと笑いながらスマホを再び枕の下に入れると、私を抱きしめた。

「昨日のあれじゃあ物足りないしね」

そして体を起こした途端、私に覆いかぶさってきた。

「ええ⁉　ちょ、ちょっと……今は無理無理」

というか、会社休んでまでエッチすることが解決策なの？　訳がわかんない。

私は両手で一馬の胸を押しながら抵抗した。

「なんで？」

一馬は首を傾げた。

「なんでって、それはこっちが聞きたい。どうしたらこれが問題解決になるのよ。それに……体中が痛いの」

勢いよく訴えたものの、最後は恥ずかしくて徐々に声が小さくなった。

「それなら俺がほぐしてやるよ」

一馬は体を起こし、両手をぐにゃぐにゃさせながら再び覆いかぶさろうとした。

「もー！　ストーップ。それよりも、さっきの方法とやらを教えてよ！」

私は毛布で体をぐるぐる巻いて、触らないでという意思表示をした。

一馬は、は～っとあからさまに嫌そうな顔をしたが、諦めたのか元の位置に戻ると真面目な顔で私を見つめた。

「これはあくまで俺の考えだからな。ドン引きすんなよ」

「うん」

私は小刻みにうなずいた。

「俺たちが結婚すればいいんだよ」

至って真面目顔でガッツポーズ。

「……けっ、結婚⁉」

私はびっくりして飛び起きた。ようやく真の恋人同士になれたことに満足していただけに、その先のことなどまったく考えてなかった。

「恋実のことだから、『恋人になれただけで幸せです』と思っていたんだろうけど、俺、言ったよね。名前のとおり、恋を実らすって。それは俺にとって結婚だって」

『覚えてないなんて言わせないぞ』と言わんばかりに詰め寄ってくる。

「お、覚えてます……」

だけど、あれはまだ付き合う付き合わないって言ってる時だったじゃん。こんなタイミングで言われるなんて、なんかもう信じられないというか……。これもプロポー

ズの一種ってこと⁉

「こんな大事なことで嘘を言うヤツがいる？　てかさ、恋実は俺とは結婚したくないとか？」

真剣な顔で一馬に問われ、私はブルブルと首を振った。

「恋よりも仕事？」

「そんなことない、けど……」

「じゃあ、今から質問を受け付けます。はい、そこの真っ裸の女性」

一馬は茶目っ気たっぷりな笑顔を私に向けた。

「ちょっ、なにそれ！　自分も真っ裸じゃん！」

「元気がいいね〜。で、質問は？」

もう調子狂う……。

「……結婚って、本気で言ってんの？」

「本気本気。今すぐでもいいくらい」

「い、今？」

なんかすごく軽く答えるから、本気度が伝わってこないんですけど……。

「いや、あのね。一馬のことは大好きだし、一緒にいたいと思ってる。ただ、今が幸せだから、その先のことまでまったく頭になかったの。それにお客さんから結婚って言われるのと、好きな人からの結婚って、言葉の重みが全然違うんだな〜って。だから今、その言葉の重さに圧倒されて、驚いているというか……」

決して結婚したくないわけじゃない。

しどろもどろになってしまい、自分の思いがちゃんと伝わっているのか不安になる。

すると一馬は私をギュッと抱きしめ、頭をゆっくりと撫でた。

「でも、今すぐにってわけじゃないし。俺的にはもっとドラマチックにプロポーズしたいから、そういう気持ちでいることだけ頭に入れておいて」

「……うん」

その時、一馬のスマホが鳴った。電話の相手は、なんとテレサさんからだった。

本当は明日、帰国予定だったが、早く家族に会いたいという理由で、急きょ今日帰国することにしたのだそうだ。

私たちも急いで支度をして、見送るために空港へ向かった。

「レミ〜、ゴメンナサイデス〜」

テレサさんは私の顔を見るなり大きく手を広げて、派手な抱擁を交わした。

外人さんとハグなんて初めてで、思いっきり緊張した。

でもそれは一瞬のことで、知っている日本語を一生懸命話そうとするテレサさんに親近感がわいた。

それから私たちは、会話のほとんどを一馬に通訳してもらいながら会話を楽しんだ。

ハリウッド女優のようなルックスは近寄りがたいイメージだったが、実際のテレサさんはとても気さくで、家族思いの素敵な女性だった。

もっと早く会って、いろいろとお話がしたかったな。とはいえ、英語は話せないんだけど。こんなことなら、英会話でも習っておけばよかったな……。

そんなふうに後悔していると、なにやら一馬とテレサさんがふたりで話し込みだした。

なにを話しているのかまったくわからないし、邪魔しちゃいけないと、私は「ちょっとトイレに行ってくるね」と伝え、日本のグッズを売っているお店で、ちりめんでできた小物を数点買った。

「テレサさん、これ、私からのプレゼント。Present for you」

そう言いながらテレサさんにプレゼントを渡す。

すると彼女は歓声を上げながら、再び強くハグをしてくれた。そして、その場で開けると、全身で喜びを表現しながら「What a wonderful present!」と連呼した。

別れ際、テレサさんに英語でペラペラと話しかけられ、『通訳してほしい』と一馬に視線を送る。

「テレサが俺のマンションに恋実へのプレゼントを置いてきたんだってさ」

「プレゼント？」

テレサさんに目で確認すると……。

「Yes! Present from me. Please receive it」

彼女はそう言って、ウインクをした。

「Thank you very much」

たどたどしい英語で返しながら、私は何度も頭を下げる。

なぜかテレサさんもつられて頭を下げ、その横で一馬はクスクス笑っていた。

続いて、テレサさんが一馬になにかを話し始めた。

すると、一馬の顔がみるみるうちに赤くなっていく。

「どうしたの？」と尋ねるも、一馬は「なんでもない」とごまかした。

いや、そんな真っ赤な顔をしていて、なにもないはずがないじゃない。

しかもテレサさんにはまたウインクをされ、私はますます訳がわからない。

結局、テレサさんを見送った後、私たちはプレゼントを見るために一馬のマンションへと向かった。

サプライズすぎるギフト

人生で初めて、彼氏のマンションに入る。男の人の部屋なんて想像もつかなくてドキドキしっぱなしだ。

「どうぞ。なんにもなくてびっくりするかもよ」

ドアを開けると、一馬は私の背中を押して先に入るよう促した。

一馬の言ったとおり、部屋には物がほとんどなかった。二十畳はありそうなリビングには大きなテレビとソファだけ、キッチンには冷蔵庫とレンジのみが置かれていた。

「本当になにもない……」

ぼそっとつぶやく私の横で、首に手を当てて一馬が苦笑いをする。

「だろ?　ロスから帰ってきたはいいけど、仕事が忙しくて必要最低限のものしか用意できなかったんだよ。でも……理由はそれだけじゃないんだけどね」

なんだか含みのある言い方だ。

その理由は気になったが、今はそれよりもテレサさんからのプレゼントのほうが気になる。

「ねえ、プレゼントって、どこにあるのかな？」

いくら恋人同士といえど、初めて入った部屋を物色するのは気が引ける。だから一馬に探してほしいという気持ちでチラリと視線を送った。

「こっちの部屋だ」

一馬は、既にプレゼントの場所を知っているかのように、躊躇なく私を寝室へと案内した。

寝室に入ると、そこにはひとりで寝るには広すぎる大きなベッドがあった。その上に、これまた大きな白い箱がひとつ置かれている。

「たぶん、あれだと思う」

一馬は箱を指さすと、私の背中に手を当てながら誘導する。

ベッドに近づくと、箱の上にピンク色の封筒が一枚乗っていた。

そっと手を伸ばし、封筒を開ける。そこには、英語で書かれた手紙が入っていた。

もちろん、私は読めない。

「ごめん。読んでくれる？」

ベッドに腰かけた一馬に手紙を渡すと、「いいよ」と言って受け取る。そして自分が座っている横を指さし、私に座るよう促した。

一馬は「読むよ」と前置きしてから、テレサさんの手紙を読み始めた。

【親愛なる恋実へ
初めて会った時、誤解を招くようなことをして本当にごめんなさい。

実は、一馬から恋実との話を聞いた時は、絶対にうまくいかないって思ってたの。

一途に想い続けるなんてナンセンス。一馬はモテるんだから、こっちで彼女でも見つけなさい。そう何度も言ったけど、一馬はうなずかなかった。

だから、もし一馬が片思いしている恋実とうまくいった時には、私が結婚式で着たドレスをプレゼントすると約束していたの。

そして、一馬から帰国して数日で付き合えるようになったと連絡が来た時はびっくりしたわ。同時に、ドラマのようで興奮しちゃった。

恋実が気に入ってくれるかわからないけど、よかったら着てください。恋実がこれを着て一馬と仲よく並んでる写真を楽しみにしているわ。

テレサ・モーガン】

「――だってさ。中身、見てみる？」

手紙を読み終えた一馬は、白い箱を指さした。

テレサさんからの手紙の内容に驚くと共に、こんなサプライズが待っていたことに戸惑いを隠せなかった。

「信じられない。どうしよう。いいのかな……。だって私、テレサさんになにもしてあげられなかったのに」

だけど一馬は首を横に振った。

「テレサが恋実にプレゼントしたいって言ってたんだから、いいんだよ。それより見てみたら？」

「もしかして、一馬は見たことあるの？」

「ん？　……どうかな？」

一馬の含みのある言い方が気になるものの、私は一馬に促されるように白い箱を開けた。

「えっ⁉　これって……」

真っ白で光沢のあるドレス……ウエディングドレスだった。

箱から出さずにそっとドレスに触れると、視線を一馬に向ける。

「広げてみたら？」

動揺してアタフタしている私の横で、一馬が優しい声を出す。

私は立ち上がり、箱からドレスを取り出した。

テレサさんのドレスは、エンパイアウエストのクラシカルなウエディングドレスだった。大きく開いた胸元にはレースやパールがちりばめられ、背中の真ん中ほどからトレーンになっている。

アメリカのドラマや映画でたびたび見かけるものにとても似ていて、一度はこういうドレスを着てみたいと思っていた。

「素敵！」

初めて本物のウエディングドレスに目にし、興奮を隠せず私は何度も前と後ろを交互に見る。

予想もしていなかった突然のサプライズプレゼント。だけど、本当にこんな素敵なドレスを私なんかがもらっていいのだろうか。

ドレスをジッと見つめている私に、一馬が「着てみたら？」と提案する。

「え？　これを？」

「そう。だって、すごくうれしそうに見てるからさ。それに、このドレスはもう恋実のものなんだし」

一馬は私を見上げながらニカッと笑った。

「でも……着られるかな」

実は、それが心配だった。テレサさんと私の体形があまりにも違いすぎていたからだ。

ウエストはエンパイアだから辛うじて大丈夫だろうけど、胸の辺りはきっと布が余ってブカブカだろう。着たところで、落ち込みそうだ。

うじうじと悩んでいると……。

「とりあえず着てみろ。俺はリビングで待ってるから」

そう言って、一馬はひとりで部屋を出ていってしまった。

しばらくドレスを眺めていたが、テレサさんの気持ちを無駄にしたくないと思い直し、ドレスを着ることにした。

「着替えたよ」

ドレスを身につけた私は、リビングにいる一馬に声をかけた。

振り返った一馬は、真顔でジーッと見つめる。

やっぱり似合わないかな……。

一馬のリアクションが気になって不安になる。

「……似合うじゃん。すごく似合ってて……キレイだ」

一馬は愛おしそうに目を細めた。

私は恥ずかしくて顔が真っ赤になる。

「本当？　私、テレサさんみたいにスタイルよくないし、やっぱり胸元に隙間ができちゃうんだよね」

さすがにここは詰め物をするか手直しが必要だ。

でも、憧れのウエディングドレスを着られたことは素直にうれしかった。

いつか結婚する時には、これを着ることになるのかな……。

そう思うと同時に、一馬に目がいく。

「一馬、本当に私でいいの？」

「え？　どういうこと？」

不思議そうな顔をして、一馬が近づいてきた。

「だから……その……結婚相手が私でいいのかなって」

ドキドキしながら答えを待っていると、急に一馬が私を抱きしめた。

「当たり前だろ。俺には恋実以外考えられない」

一馬が、抱きしめる手に力を込める。そして次の瞬間、パッと体を離した。

「確認するけど、恋実のその気持ち、今後も変わる予定はない？」

「ないけど……。なんなの？　その質問」

「わかった。じゃあ、とりあえず着替えようか」

「う、うん」

一馬がなにか企んでいるようにも思えたが、いつまでもドレス姿のままではいけないので、寝室に戻り着替えをした。

リビングに戻ると、一馬は「行こう」と言って、私の手を掴んだ。そしてマンションの駐車場に向かい、私を車に乗せる。

「ねえ、いったいどこへ行くの？」

一馬がこれからなにをしようとしているのか、私には想像もつかなかった。

すると一馬は、前を向いたまま「区役所」とだけ言った。

時計を見ると十八時だった。

「区役所って……もう閉まっているじゃない。なにしに行くの？」

「ん？　これを出しにいく。あ、そうだ。到着するまでに空欄を埋めといてよ」

そう言って一馬はポケットから紙を取り出し、私に差し出した。

「空欄を埋めてって……ちょっ、ちょっと、これなに？」

それは、紛れもない婚姻届だった。私の書く欄以外はすべて埋まっていて、驚くことに証人の欄にも名前が記入されている。

いつこんなものを用意していたのだろうと驚くと同時に、このままだと本当に今日入籍をしてしまうことになると焦る。

「ねえ、一馬！　ちょっと車を止めて。お願い」

大きな声を上げて懇願する。

車はゆっくりと路肩に止まった。

「なに？」

一馬が不満げな顔で私を見た。

「『なに？』じゃないわよ。いきなり婚姻届って、そんなのおかしいわよ」

身勝手な一馬に苛立ちを感じ、思わず睨む。

「じゃあ……別れる？」

「えっ？」

「俺はこの先もずっと恋実といたい。そして、そうするためには結婚が一番いいと思ってる。だけど……恋実は俺と一緒にいたいというより、周りを気にしすぎて自分の気持ちにちゃんと向き合おうとしていない」

一馬が私の顔をジッと見つめた。

「そ……それは……」

「さっき確認したよね。で、俺のことを好きだと言ってくれたよね。だったら、もうちょっと俺を頼れよ。信じろよ。俺はなにがあっても、恋実が一番なんだから」

　助手席に座っている私に詰め寄る。

「一馬……」

「それとも、他に好きな人でもできた？」

「そんなわけない。私は一馬が好き。だけど……私はいつも、自分は一馬に釣り合う彼女なのかな、一馬と付き合っていることがバレたら周りにどんな顔されるのかなって……人の目ばかり気にしてて……」

　こぶしを強く握りしめながら、今の自分の本音をぶつけた。

「だからさ、そういうのを全部ひっくるめて、俺がちゃんと守るって言ってんの。俺がそういう恋実の不安を受け止める。だから俺を信じて、すべて委ねてほしい」

　一馬の手が私の頭をゆっくりと撫でた。

　ここまで言ってくれる人が私の前に現れるなんて思ってもいなかった。私がどんなに不安になっても、きっとこの人は何度でも安心する言葉をくれるのだろう。

　そう思った時、この先の不安が、雪が解けるように消え始めた。

「……ごめんなさい」

彼の手の温かさに、私は自分の気持ちの小ささを謝った。

だけど一馬はうなずくと、私の頭を優しく撫でた。

「なにがあろうと堂々としてればいいから、後は俺に任せな」

「うん」

私は何度もうなずいた。

「ところで……どうしますか？　恋実さん」

急に気持ちを切り替えるように一馬はニコニコ笑っていた。

「えっ？」

「このまま区役所に行っちゃってもいいの？」

「それはちょっと……。急というか、日を改めない？　私もまだ婚姻届に記入してないし」

一生に一度のことだからこそ、この場でささーっと書きたくなかった。

「じゃあ、フィアンセってことでいいね」

怒られないかと思ったけど、一馬は表情を変えることなくご機嫌だった。

一方、私はというと、『フィアンセ』だなんて今まで言われたことのない言葉にドキドキしていた。

「は、はい」

「でも、その婚姻届の空欄は埋めておいてよ」

そう言うと、一馬は再び車を走らせた。


一馬の荷物がある私のマンションにいったん帰ってきたが、一馬は自分の家に帰らず、ソファでくつろいでいた。

私がお風呂から出てリビングに行くと、一馬は待ってましたとばかりに自分の横を指さしながら反対の手で手招きした。

「どうしたの？」と首を傾げながら一馬を見る。

「もう俺たちのことを秘密にするのはやめないか？」

まっすぐ私を見つめた。

驚く私に、一馬は「大丈夫。ちゃんと考えてるし、恋実を困らせるようなことはしない」と断言した。

「わかった」

即答する私に一馬は少し驚いていたが、本当に迷いはない。一馬なら絶対に私を守ってくれると確信できたから。

「じゃあさ、明日から一緒に出勤しない？」

一馬の思いきった提案に、私は怯んでしまい『はい』とすぐには答えられなかった。

だって、心の準備ができてないんだもん。

そんな私の不安を一馬は見抜いていた。

「ここで怯んでいたら先に進めないんじゃないの？」

確かに一馬の言うとおりだ。今までも嫌なことから避けて、楽なほうを選んで生きてきた。

もしかしたら、今がそんな自分を変えるチャンスかもしれない。ひとりじゃ自信はないけど、一馬がいてくれるのなら前に進むしかない。

「一馬」

「なに？」

「明日から一緒に会社へ行くよ」

気合いを込めてガッツポーズをする私に、一馬も同じようにガッツポーズを返した。

でも、一馬の『ちゃんと考えてる』って、いったいどんなことだろう。

あなたの恋を実らせましょう

「お～い。恋実、そろそろ行くぞ」

玄関から一馬の叫ぶ声が聞こえ、私も慌てて玄関へ向かう。

「本当に……行くんだよね」

「当たり前だろ。今さらなに言ってんの？」

まだ少し躊躇する私の頭を一馬が軽く小突く。

「だって、一緒に出勤するなんて初めてだし、緊張するよ」

「いいから。ほら、行くぞ」

子供のようにぐずる私を横目に、一馬は私のバッグを掴んで、先に家を出た。

「あ～！　私のバッグ～」

私は急いで靴を履くと、数秒遅れでバッグと一馬を追いかけた。


「おはようございます」

「おはようございま～す」

従業員用の出入り口では、守衛さんや社員たちの挨拶が賑やかに飛び交っている。

私はいつもどおり出勤したつもりだったが、やはり緊張しているのが顔に出ていたようだ。「顔がこわばってるぞ」と一馬に指摘されてしまった。

数人の女性社員が一馬に視線を送りながらなにかひそひそ話をしているのが見える。

彼女たちに私たちが付き合っていることがバレたらどうなるのだろうと、ひとりで戦々恐々とした。このまま回れ右をして帰りたいとさえ思えてくる。

その時、一馬が私の頭にポンと軽く触れた。

「もっとリラックス」

隣を見上げると、一馬は満面の笑みを浮かべている。

こんな状況でリラックスできますか！という思いを込めて軽く睨むと、一馬はクスクス笑いながら「じゃあ後で」と私に向かって手を上げた。そして、居合わせた他の男性社員たちと話をしながら階段を上がっていった。


更衣室に着くと、猛ダッシュで着替えて売り場へと向かった。

「はあ～」

いつもなら淡々とこなす仕事も、今日に限っては動きもかなり鈍くなってしまう。

「おはようございま～す」

ため息交じりに布を取っていると、名取さんの元気な声が聞こえた。

「おはよう」

「あっ。そうだ、真壁さ～ん。今日は課の朝礼があるそうなので、売り場朝礼はないって課長が言ってました」

一馬と話をしたのだろう。かなり機嫌がよさそうだ。

急に課の朝礼を行うだなんて、出勤早々なにかあったのかな。家にいる時はなにも言ってなかったし……って、私たちのことを発表するとか？　いや、まさか。そんなはずはないよね。

「あ、そうなんだ」

気のない返事をしつつも、急な朝礼に思い当たる節がなく首を傾げる。

「なんかあるんですかね？　異動の時期でもないし……誰か退社するのか、それとも……課の誰かの結婚報告？」

名取さんは、該当者がいないかと売り場をぐるりと見渡す。

「へっ？」

結婚という言葉に反応して、変な声を出してしまった。

「どうしたんです？　変な声を出して」

「ううん。なんでもない。とにかく課の朝礼ね。了解」

「これ以上突っ込まれないように、私は大人しく開店準備を進めた。

開店十五分前の九時四十五分から、営業四課の朝礼が始まった。

一馬が課長になってからは、最前列は女子社員の取り合い状態だ。私はびくびくしながら最後尾に陣取る。

最初は、今後の予定や課の売り上げといった業務連絡がほとんどだったが、途中から雲行きが怪しくなった。

「実は私事ですが……みんなに報告することがあります」

一馬が改まった表情で見渡す。

その言葉に女子社員たちがざわめきだした。

「こんなことをここで話すべきか少々迷いましたが、実は、先日婚約しました」

その途端、「ええ！」というどよめきが売り場中に響き渡った。

「課長！　相手は誰なんですか？　私たちの知っている人ですか？」

最前列にいた名取さんが、まるで女子社員代表のように質問した。

すると、一馬がチラリと私の方を見た。そして……。

「真壁恋実さんです」

迷いのないはっきりした口調で私の名前を言った。

みんなの視線が一斉に私に向けられ、その鋭さに耐えられず下を向く。

「真壁さんって、本当にあの真壁さんなんですか？」

キツイ口調で、名取さんが一馬に質問をぶつけた。

その気持ちはよくわかる。一馬のことが好きで本気でアプローチしていたし、私にもそのことを宣言していたのだから。

しかし、一馬は名取さんの問いかけには答えず話を続けた。

「僕が一方的に好きになって、五年以上片思いをしていました。そして、日本に戻ってから猛アタックし、ようやく先日念願が叶い、婚約することができました」

一馬の説明にも、朝礼の場はざわついたまま。

想像以上の反響に、私は怖くて顔を上げられなかった。

「本来なら、プライベートなことを開店準備で忙しい中みんなに集まって聞いてもらうべきじゃないかもしれません。だけど同じ会社で働く以上みんなには知ってもらいたかったし、こそこそと付き合うようなことは避けたかったので、僕の口から報告させてもらいました」

予想以上のざわつきに、途中、次長が「黙って話を聞きなさい」と注意する場面があった。静かになったことを確認した一馬は、再び話し始めた。

「彼女は僕にとってかけがえのない人です。だが、結婚しても仕事の上では部下と上司であることには変わりないし、公私混同するようなことはないよう、今までどおり仕事をするので、どうか温かい目で見守ってほしいです。以上」

そう言って、一馬は深々と頭を下げた。

私もそれに続くよう最後尾から頭を下げる。

すると、パチパチとまばらな拍手が聞こえてきたかと思うと、その音が徐々に大きくなっていった。さらに「おめでとうございます」というお祝いの声まで聞こえた。

「あんなことを言われたら、祝福しかできないじゃないですか。おめでとうございます」

私の横にいた別の売り場の女子社員が、拍手をしながら声をかけてくれる。

「あ、ありがとう」

私は今にも溢れそうな涙をグッとこらえ、お礼を言った。

課の朝礼が終わると、売り場に戻る人たちがすれ違いざまに「おめでとう」と温かい言葉をかけてくれた。そのたびに頭を何度も下げていると……。

「あのバカ。あれこそ公私混同じゃねーか。なあ、真壁ちゃん？」

聞き覚えのある声に横を向くと、そこには西村課長が立っていた。

「課長、どうしたんですか？」

「ん？　真壁ちゃんとのことを報告するって、さっきメールが来たんだよ。面白そうだから、見に来た」

「ええ？」

西村課長は腕組みしながらニヤリと笑った。

「でもさ〜、あいつはかなり真壁ちゃんに惚れてるね。普通、あんなことを社員の前で言ったりしないよ。ほとんどが事後報告だろ。まあ、真壁ちゃんのモテっぷりに、相当ヒヤヒヤしてたしね」

え？　どういうこと？　一馬がモテモテなのはわかるけど、なんで私なの？

「課長、なにか間違ってませんか？　モテるのは土屋課長ですよね」

首を傾げる私に、西村課長が大きなため息をついた。

「は〜。これだから、無自覚美人は怖いわ」

「え？　無自覚美人？」

聞き慣れない言葉に頭を捻《ひね》っていると、西村課長は苦笑いを浮かべた。

「無自覚美人てのは、真壁ちゃんみたいな子のことを言うの」

私みたい？　私は美人じゃないのに……。

変なことは言わないでほしいと口を尖らせた。

すると、なにか思い出したように、西村課長は私に伝票を差し出した。

「そうだ、これ堤様から。真壁ちゃんに任せるから、ネクタイ二本とネクタイピンとカフスのセットをよろしくって。昨日注文があって、午後に届ける予定だから、開店前で悪いけどお願い」

そう言うと、西村課長は私の肩をポンと叩いて、そのまま一馬の方へ向かった。


伝票片手に注文の商品を選んでいると、開店三分前の放送がかかる。お客様をお迎えするため、私は上りエスカレーター付近の通路に立った。

名取さんはというと、私と距離を取るように反対側の通路に立ったらしく、どんな様子でいるのか見られない。

実は、朝礼が終わってから名取さんとは話していない。というか、私と目を合わせようとしないのだ。

でも、ここで諦めてはいけない。どうやってでも、ちゃんと話さなきゃ。

開店後も、何度か名取さんに話しかけようと試みたが、近づこうとすると後輩に話しかけたり、普段は自分からぐいぐいと接客するタイプではないのに積極的に声かけをしたりして、私を露骨に避けていた。

私は少し時間を空けてから、もう一度声をかけることにした。


名取さんがお昼休憩から帰ってきたタイミングを見計らって、私は駆け寄った。

「名取さん……今、大丈夫？」

「……なんですか？」

名取さんは決して私に視線を合わそうとせず、感情を押し殺すように淡々と答えた。

「ちょっと話があるんだけど」

「それって仕事の話ですか？」

「仕事じゃ……ないかな」

「すみません。主任に頼まれているものがあるので」

名取さんからは普段の明るさが消えていた。

「そっか……わかった」

はぁ、やっぱり避けられてる。……でも、このままじゃダメだよね。こうなったら、次の休憩を狙うしかない。

私は気持ちを入れ替えるように仕事に集中した。


名取さんが休憩に入ると、すぐさま後を追いかけた。

「名取さん！」

「……なんですか？」

名取さんは私の顔を見ることなく、早歩きでバックヤードへと向かう。

「話がしたいの」

「私から話すことはないです」

そう言ってエレベーターのボタンをやや乱暴に押すと、名取さんは少し苛立ったように腕を組んだ。

「名取さん……ごめんなさい」

周りに社員がいるのも構わず、名取さんに頭を下げた。

「な、なにしてるんですか？　恥ずかしいから頭を上げてください」

名取さんが小声ながらも強い口調で訴える。

でも、今またここで名取さんに逃げられるのも避けられるのも嫌だった。許してくれなくてもいい。とにかく謝りたい。

私は人目もはばからず話し始めた。

「名取さんが課長のことを好きなのを知っていたのに、付き合っていることを黙ってて、名取さんを騙《だま》すような結果になってしまって本当にごめんなさい」

再度、頭を下げる。

「……いつから付き合ってたんですか？」

名取さんは大きく息を吐くと、わざと私とは真逆の方を見ながら、不機嫌全開で言葉を吐き捨てた。

「歓送迎会の時に……」

「はあ？　歓送迎会って……あの時、課長は来なかったじゃないですか」

「いや実は……店には来たの。だけど私が帰ろうとしたらついてきて……というか、課長だとは知らずに私の行きつけの居酒屋で一緒に飲んだんだよね」

「…………」

名取さんは黙ったまま顔をしかめた。

「それで……結果的には付き合うようになって……。でも、名取さんには本当のことが言えないままで……」

全部言い訳だ。ちゃんと伝えなかった私が悪い。だから名取さんにどんな言葉をぶつけられても仕方がない。

そう覚悟しながら名取さんを見つめる。

すると、それまでむすっとして私からの視線を避けるようにしていた名取さんが私の方にまっすぐ顔を向けた。

「あ〜！　もう。確かに、朝礼で電撃婚約会見みたいな話を聞いた時は騙されたって思いましたよ。だけど、課長の乙女のような純愛話を聞かされたら、私がどんなにフェロモンを出しても無駄だとわかったんで」

名取さんは露骨に口を尖らせ、投げやりに言葉を吐いた。

「名取さん……」

その時、エレベーターの扉が開いた。

名取さんはエレベーターに乗ると、男性が扉を閉めようとしたのを「まだ閉めないで！」と遮り、私に向かって強い口調で言った。

「真壁さん！」

「は、はい」

「課長は真壁さんのことを思って、あんな朝礼をやったんですからね。絶対に幸せにならないと私は許しませんからね。それと、私は切り替えが早いので、もう落ち込んでませんから」

ふくれっ面だった名取さんの表情が徐々に柔らかくなって、言葉どおりいつもの名取さんに切り替わっていた。

「うん、ありがとう」

私は何度もうなずいた。

「恋実」

エレベーターが閉まってもすぐに動くことができず、ぼーっと立っていると、聞き慣れた声が背後から聞こえた。

「えっ、課長？　いつからそこに？」

振り向くと、一馬がニヤニヤしながら後ろに立っていた。

「ん？　名取さんがエレベーターから叫んだ時からかな」

もう、しっかり見てるじゃない。ていうか、私がサボってたのバレちゃった⁉

「すみません、売り場に戻ります」

そう笑顔で言うと……。

「ちょっと付き合ってくれ」

急に真顔になった一馬がエレベーターの上りボタンを押した。

「え？」

「売り場には、少し真壁さんを借りるって言っておいたから」

そう言ったところで、タイミングよくエレベーターが開いた。

一馬は社用車が停まっている屋上の駐車場へと私を連れていった。駐車場の端まで行くと足を止め、私に歩み寄る。

「どうだった？　今日の朝礼」

一馬は私と同じ目の高さまで腰を屈め、私の顔を覗き込んだ。

「……カッコよかったよ」

朝礼で話していた一馬の姿や言葉を思い出し、笑みがこぼれる。

「惚れ直した？」

「……惚れ直したし……私も一馬を支えたいって心から思った」

一馬は満足そうにうなずきながら、私に笑顔を向けた。

「最初にアプローチした時のこと、覚えてる？」

「うん」

忘れるわけがない。

私は自分の名前が嫌いだった。恋が実ると書いて恋実だなんて、今でいうキラキラネームのようだし、現実は恋が実るどころではなく、恋愛とは縁遠い生活だった。

そんな私の前に現れた一馬は、私の恋を実らせてあげると口説いたのだ。

「今だから言えるけど、あれはさ、恋実に向けて言ったわけじゃないんだ」

一馬は口元に手を当て、恥ずかしそうに私を見た。

「え？」

「本当は俺が恋実との恋を実らせたかったんだよ。長い間会えず、会えないと思えば思うほど気持ちが大きくなって。だから次に会う時は絶対、このまま終わらせたくないと思って……。恋実に向けてというより、自分自身に言ったんだ」

私の目を見てはにかむ一馬の姿に、胸がキュンとした。

こんなにも私のことを思ってくれていたのに、私は本当につまらないことで悩んでいたんだな。

「一馬、私を好きになってくれてありがとう。私、すごく幸せだよ」

本当はこんな言葉じゃ全然伝え足りない。だから、今自分が出せる最大の笑顔を見せた。

一馬は一瞬驚いたような表情を見せたが、すぐに目を細め、愛おしそうに私を見つめた。

こんな顔をさせられるのは私だけなのかなと思うと、なんだかうれしくなる。

「やっと本当の意味で恋が実ったかも」

そう言って、一馬が私の頬に手を当てる。

「え？　どういうこと？」

「恋実の本当の笑顔が見たかったんだ。俺に遠慮しない素の恋実のね。それがやっと見られた」

その言葉と共に、一馬も会社では決して見せることのない、くしゃくしゃの笑顔を見せた。

確かにそうかもしれない。今までの私は自分の自信のなさが壁となって、思っていることも言えなかったりと、常にびくびくしていた。だけど……そんな心配をする必要はまったくなかったと、昨日、今日でよくわかった。

「ごめんね。一馬はすごくカッコいいし、モテるから、心のどこかで遊びじゃないかって不安に思ってた。結婚の話が出た時も、私なんかでいいのかなって……。とにかく、今までの私は一馬の言葉を素直に受け取れていなかった。でも、もう違う。私には一馬しかいないって、わかったの」

一馬の目を見て、自分の本当の気持ちを包み隠さず伝える。

一馬は黙って私の言葉に耳を傾け、うなずいた後、「うん。……じゃあ、これ受け取って?」と、ポケットからリボンのついた小さな四角い箱を差し出した。

「これって……」

中身を見なくても、それがなにか、鈍感な私でもわかる。

リボンを取ると、白い箱の中にはもうひとつ、ピンク色のかわいいケースがあった。

ゆっくりと開けると、中にはかわいらしいダイヤの指輪が光り輝いていた。

「一馬!　これ……」

驚きのあまり名前を呼ぶのが精いっぱいで、私は指輪と一馬を交互に見る。

そんな私に、一馬は優しい笑顔を向けていた。

「俺がはめていい?」

一馬が、私の持っていたケースから指輪を取り出す。

私はうれしさと緊張で言葉が出なくて、黙ってうなずいた。

左の薬指にはめられた指輪は、私の指のサイズにぴったりだった。

「すごい、ぴったり。なんで？　私の指のサイズ、知ってたの？」

私は左手をいろんな角度に傾けたり、光にかざしたりして、薬指に光る指輪を見つめる。

「初めて一緒に行った居酒屋で、恋実が飲みすぎて寝ちゃっただろ？　あの時、〝あおい〟のママに手伝ってもらって恋実の指のサイズを測ってもらったんだ」

一馬のしてやったりな顔に、私はただ驚くばかりだった。

「え⁉　あの時？」

あの日の出来事は恥ずかしいことばかりだったけど、そんな時から一馬は私との将来を考えてくれていたの？

そう思うと、胸がいっぱいになって目頭が熱くなる。『ありがとう』『うれしい』と、今の気持ちを素直に伝えたいのに、涙が溢れてうまく言葉が出てこない。

一馬は私の頭をゆっくりと撫でると、そのまま自分の指で私の涙をぬぐってくれた。そして私と同じ目線になるよう少しかがむと……。

「なにも言わなくていいよ。言葉にしなくても、恋実の気持ちはこの涙でちゃんと伝わったから」

ニコッと笑って、私の唇にチュッと触れるだけのキスをした。それから私をギュッと抱きしめる。

「さて……これで次に進める」

なぜか一馬は意味深な言葉を口にした。

「次？」

「そう。俺のマンション、なーんにもないだろう？　実は、もともと恋実と一緒に住むために選んだ。だから一緒に……部屋作りをしないとな」

一馬は私の頭をゆっくり撫でたかと思うと、ウインクをした。

「え？　嘘……」

まさか一馬がそこまで私とのことを考えてくれていたなんて信じられない。

まるで夢でも見ているような気持ちになる。

でも、ずるい。私ばっかりサプライズされるなんて……。

なんだか少し悔しくて、私も一馬を驚かせたくなる。

「ねぇ、一馬！　ちょっといい？」

私は一馬に歩み寄り、両手を握った。そして、「どうした？」と一馬の顔が近づいた瞬間……。

私は背伸びをして、自分から一馬にキスをした。

一馬はびっくりして目を開けたままだった。

「恋実？」

唇を離すと、不意打ちを食らった一馬は顔を赤らめていた。

「私の幸せのおすそわけ。どう？　私の気持ち伝わった？」

してやったりとばかりに笑顔を向けると、一馬が首を横に振った。

「こんなんじゃまだ足りない」

そう言って私を強く抱きしめると、耳元で「愛してる」と囁いた。

私たちはゆっくりと引き寄せられるように、再びキスをした。


──私の名前は、恋実。

恋が実ると書いて『れみ』と読みます。

名前のとおり、私は最愛の人と恋が実りました。

だから、この名前が大好きです。

END

あとがき

こんにちは。望月沙菜です。

このたびは『恋の相手は強引上司』をお手にとっていただきありがとうございます。

ちょうど、二冊目の『俺様副社長に捕まりました』の編集作業が始まった頃に、書籍化のお話をいただきました。

今まで書いた物の中でも気に入っていた作品だったし、初めて小説サイト「Berry's Cafe」の総合ランキングで1位をいただいた作品でもあったので本当に嬉しかったです。

今回のお話のキーワードは、ずばり「名前」です。

普段、ストーリーを考えてから登場人物の名前やタイトルを決めるのですが、毎回悩むのが主人公の名前です。読みにくかったり、他の作品とかぶってもいけないし、名前のもつイメージも重要で、おとなしそうな響きの名前なのに主人公の性格が活発だと違和感を感じたり……。

なので毎回、名前を考えるのにひと苦労してます。

そんなことを考えていたら、名前を題材に書いてみてもいいかもと思い、このお話ができました。

今回の編集作業は夏休みと思いきりかぶり、夏休みの宿題をやっている子供たちと同じように机に向かう毎日でした。大変でしたが、これも夏休みの思い出になったかなと思います。

今回から担当さんが代わりましたが、私のわがままを聞いてくれた増子さん。誤字脱字、文章力のない私をサポートし、より読みやすく編集してくださったヨダ様。本当にありがとうございました。

そして、私の初めての文庫本のカバーイラストを描いていただいてから、また機会があったらぜひ描いていただきたいと思っていた横尾飛鳥さんが今回描いてくださいました。今回もとても素敵なイラストで、めちゃくちゃ嬉しいです。

最後に、この作品を読んでいただいた読者の皆様、本当にありがとうございました。

今後も、読んでくださる方が「面白かった」「ほっこりした」「胸がキュンとした」と言ってくださるような作品を書き続けていきます。よろしくお願いします。

望月《もちづき》沙菜《さな》

ファンレターのあて先

〒104-0031
東京都中央区京橋1-3-1
八重洲口大栄ビル7F
スターツ出版株式会社　書籍編集部　気付

望月沙菜先生

本書へのご意見をお聞かせください

お買い上げいただき、ありがとうございます。
今後の編集の参考にさせていただきますので、
アンケートにお答えいただければ幸いです。

下記URLまたはQRコードから
アンケートページへお入りください。
http://www.berrys-cafe.jp/static/etc/bb

恋の相手は強引上司

2016年10月10日　初版第1刷発行

著　　者　望月沙菜
©Sana Mochizuki 2016

発 行 人　松島 滋
デザイン　hive&co.,ltd.
校　　正　株式会社 文字工房燦光
編集協力　ヨダヒロコ（六識）
編　　集　増子真理
発 行 所　スターツ出版株式会社
〒104-0031
東京都中央区京橋1-3-1　八重洲口大栄ビル7F
TEL　販売部　03-6202-0386（ご注文等に関するお問い合わせ）
URL　http://starts-pub.jp/
印 刷 所　大日本印刷株式会社

Printed in Japan

ISBN 978-4-8137-0156-9　C0193

ベリーズ文庫 2016年10月発売

『浮気者上司!?に溺愛されてます』 水守《みずもり》恵《え》蓮《れん》・著

27歳にして恋愛経験ゼロの奏美。それを上司の恭介に知られ、「俺と冒険してみようか」と、強引にファーストキスを奪われる。若くして出世コースを歩む超イケメンの恭介に熱く迫られ、次第に惹かれていく奏美だったが、彼の"左手の薬指"には指輪があって…。この恋、どうなるの!?

ISBN 978-4-8137-0155-2／定価：本体630円＋税

『恋の相手は強引上司』 望月沙菜《もちづきさな》・著

真壁恋実は名前に反して、恋に無縁な地味OL。だけどある日、歓送迎会の帰りに出会ったイケメン、一馬と飲むことになり、「俺と恋を実らせよう」といきなり交際宣言されてしまう。恋実は冗談だと思いこんでいたのに、翌朝目覚めると隣には一馬が！　しかも実は、彼こそLAから異動してきた新任課長で…？

ISBN 978-4-8137-0156-9／定価：本体630円＋税

『俺様御曹司と蜜恋契約』 鈴《すず》ゆりこ・著

葉山物流で働く花は、実家の食堂がある森堂商店街が、再開発で消滅の危機にあることを知る。しかも首謀者は親会社の葉山グループだった。ショックを受けた花は、無謀にも雲の上の存在であるイケメン社長・光臣に直談判を試みる。すると「止めるなら代わりに俺の女になれ」と交換条件を出されてしまい…!?

ISBN 978-4-8137-0157-6／定価：本体630円＋税

『イジワル社長と身代わり婚約者』 立花実咲《たちばなみさき》・著

OLの美羽は自分と瓜ふたつで社長の婚約者である従姉に頼まれ、彼女の身代わりになることに。世界企業のCEOの孫である社長・黒河にずっと憧れていた美羽。罪悪感を抱えつつ、バレないよう彼との甘い生活を送る中、「普段の君の匂いと違う」などと度々言われ…彼は私の正体に気づいているの…!?

ISBN 978-4-8137-0158-3／定価：本体650円＋税

『ご懐妊!!』 砂川雨路《すながわあめみち》・著

OLの佐波は超イケメンの鬼部長・一色と、お酒の勢いで一夜を共にしてしまう。ところが後日、なんと妊娠が判明！　彼に打ち明けると「ふたりで子供を育てよう」と驚きのプロポーズ!?　戸惑いつつ始まった同棲生活。ドSだけど、家では優しい一面を見せる彼に、佐波は次第にときめき始めて…？

ISBN978-4-8137-0159-0／定価：本体650円＋税

書店店頭にご希望の本がない場合は、書店にてご注文いただけます。